EL NUDO

LARGO RECORRIDO, 24

Rodrigo Soto

EL NUDO

UNA FÁBULA DE FIN DE SIGLO

EDITORIAL PERIFÉRICA

PRIMERA EDICIÓN: junio de 2011

(edición al cuidado de María Bravo)
Apartado de Correos 293. Cáceres 10001
info@editorialperiferica.com
www.editorialperiferica.com

ISBN: 978-84-92865-36-9
DEPÓSITO LEGAL: CC-877-2011
IMPRESO EN ESPAÑA – PRINTED IN SPAIN

A la memoria de Roy Jiménez Reyes (1961-2002)

¿Puede la hoja negar obediencia al viento? ¿Puede la piedra negar obediencia a la gravitación? Cuestiones materiales que son también cuestiones morales.

VICTOR HUGO, *El hombre que ríe*

Solamente la gente honesta y los pillos pueden encontrar una salida a cualquier situación, pero el que quiere ser a la vez honesto y pillo, ése no tiene salida.

ANTÓN CHÉJOV, *Un duelo*

Piedras que lanzo sobre la superficie del río:
mis actos
se multiplican y expanden
en incesantes círculos.

I

Aquí sucede sólo lo que yo escribo, pero sin tu ayuda nunca llegaremos al final, y ese desgarbado, miserable harapiento que se dispone a cruzar la calle con las primeras insinuaciones del día –apenas la sospecha, la premonición de un amanecer–, nunca podrá hacerlo. Permanecería entonces el tiempo congelado, el amanecer en suspenso y el miserable ahí, a un lado de la carretera, paralizado como estatua de sal. Nada sucedería. Sólo tu deseo y mi palabra, o tu palabra y mi deseo, o lo que nace de su encuentro, puede dar inicio al tiempo, poner en movimiento los hilos de la trama y empujar al sol para que continúe su lento pero incontenible ascenso.

La que se anuncia, sin embargo, no es una mañana cualquiera, sino la del último día, del último año, del último siglo del segundo milenio –hay quienes dirán que el último– de la cristiandad. De la misma forma, el paso que el miserable se dispone a dar tampoco es un paso cualquiera, pues marca el inicio de nuestra historia, o al menos el principio del fin. ¿Pero qué es el fin? ¿Y dónde está el comienzo? Reconozco que se trata de preguntas inoportunas que resulta preferible obviar.

Para él es sólo un paso, anónimo y sin importancia, pero si supiera lo que enseguida va a suceder, probablemente reconsideraría su parecer y dudaría de darlo, o al menos lo dejaría de considerar un simple paso más, pues el auto que asoma a lo lejos iluminando la carretera es conducido por un hombre completamente borracho.

Nos encontramos en la carretera que comunica Santa Ana y San José, al oeste del Valle Central de Costa Rica, en el sitio conocido como el Alto de las Palomas. Hasta hace pocos años, aquí crecían milpas y frijolares, pastaban plácidos jamelgos y vacas descastadas, chillaban las piapias y los pájaros carpintero, y por la cresta de los árboles se deslizaban sigilosas ardillas y zarigüeyas. Y, naturalmente, abundaban las palomas que le dieron su nombre. Ahora proliferan familias de jóvenes profesionales e incipientes empresarios. La mayoría posee dos carros, los jardines de sus casas están al cuidado de los campesinos que cultivaban las milpas que antes crecían ahí; crían hijos por lo general sanos que envían a escuelas privadas; pagan televisión por cable y usan los teléfonos celulares con la discreción de la que carecen aquéllos para quienes el celular es conquista o distintivo de estatus. ¡Ah! Y están bien familiarizados con la Internet.

La carretera es perfecta para correr, y el conductor no ve razones para no hacerlo ahora. Como casi todos los borrachos, tiene una confianza irracional en sus reflejos, y a medida que acelera el carro, despierta en él un viejo sentimiento de dicha y libertad. Cierto es que, en su caso, además de la confianza en sus reflejos, se ampara en la que le produce su automóvil, un BMW deportivo de color negro.

Y aunque no descubre al miserable hasta el último instante, cuando ya lo tiene encima, consigue reaccionar y, dando un brusco giro al timón, evita el atropello. Lo que no puede evitar (ni yo tampoco, y ni siquiera vos) es que el auto derrape y salga de la carretera a más de cien kilómetros por hora, para ir a estrellarse, con gran estruendo de latas retorcidas y vidrios rotos, contra un gran árbol de poró plantado junto a la carretera que por esos días comienza a florecer.

Luego de unos instantes en los que el motor todavía funciona y las ruedas giran por inercia, se establece un silencio inesperado y profundo. Paralizado en mitad de la calle, el miserable contempla el estropicio con el corazón a punto de saltar como un sapo inflado de su boca. Mira el auto destrozado, imagina lo peor y recuerda (o no recuerda, pero de alguna forma esto interviene en su decisión) la sabiduría milenaria que sostiene que las sogas se rompen siempre por el punto más delgado. Para él es fácil comprender que ahora se encuentra en una delicada posición, de modo que, tras asegurarse de que ningún carro se acerca y de que nadie se asomó desde las casas cercanas, arranca a correr.

No pasa mucho antes de que lo dobleguen la debilidad y el cansancio. Es comprensible: ahora que la claridad aumentó, podemos ver la ruina estampada en su cuerpo. Se diría que una serpiente lujuriosa y voraz lo devoró, o, si fuera un edificio, que un terremoto u otra catástrofe lo redujo a escombros: las mejillas hendidas, los labios agrietados, los ojos enrojecidos, el cabello enmarañado y mugriento, de color indefinido, y la piel, en general, verdosa y cetrina. Todo en él recuerda la derrota, el dolor, la privación y, con toda probabilidad, una muerte prematura y terrible en camino.

Así las cosas, a lo sumo ha corrido un kilómetro cuando se desploma sobre el pasto de uno de los potreros que flanquean la carretera. El sapo dentro de su corazón infla y desinfla el cuello a toda velocidad.

El hombre se tiende de espaldas y por unos minutos contempla el cielo del alba, levemente azulado, en el que aún flotan algunas estrellas y los restos destrozados de la luna. De pronto, una pequeña luz cruza veloz toda la extensión del firmamento y desaparece tras los cerros de Escazú, cuya silueta se dibuja en el alba. Aunque se encuentra agitado y muy confundido, repara en ella y se pregunta qué fue. «No una estrella fugaz», piensa, o la idea no alcanza la forma ni la claridad del pensamiento, pero se insinúa con suficiente claridad para consignarla aquí, «tal vez un satélite o la estación espacial *Mir*».

Antes que juzgués a este cronista y relator de invenciones con la dureza que te caracteriza, permitime recordarte (porque sin duda lo sabés de sobra) que una vida contiene muchas vidas y una historia multitud de historias, de modo que tales palabras («satélite» y «estación espacial *Mir*») en la cabeza de este miserable, podrían venir, como de hecho vienen, de una etapa remota de su vida, lo que equivale a decir de una vida anterior.

El hombre contempla la claridad creciente en el cielo, las sucesivas tonalidades de azul que transfiguran el firmamento, la paulatina desaparición de estrellas que sucumben ante la marejada de la luz. Aún falta mucho para que el sol despunte, y sin embargo es evidente que el día se instaló. Lo confirman el griterío de los pájaros, el canto lejano de algunos gallos, el rumor remoto de los autobuses y los carros... Para quien nada tiene, sino el temor y el cansancio, aun estas cosas pequeñas y sin importancia constituyen un arrullo, y para él lo son, de modo que lentamente se adormece.

Tendido sobre el pasto, su rostro de repente es atravesado, como por un relámpago, por una turbación. Su frente, ancha y ligeramente abultada, la surcan tres arrugas profundas, de las que se desprenden, como afluentes de un sistema fluvial, otras menos definidas. En los pómulos tiene cicatrices de acné, que desde algunos ángulos lo infantilizan y desde otros le infunden cierta apariencia feroz. Ha de rondar los cuarenta años, pero si nos dejáramos llevar por la primera impresión, fácilmente le daríamos cincuenta, quizás más.

Pero ¡silencio! Ya despierta. Ha de ser la luz del sol que ahora alcanza sus ojos, o el calor de la mañana que sacude sus alas y alza vuelo. Una expresión de incomodidad se imprime en su rostro, lo modela, lo llena desde dentro. La mañana pone ante él la penosa obligación de vivir, de cargar con su cuerpo, con su sed, con ese insaciable agujero por el que vive cayendo, y del que sólo brevemente consigue salir.

Brevemente... Pero ¿qué no daría por un momento de ésos, cuando se arroja al vacío y se aleja volando? Atrás, abajo, quedan el estiércol, el mierdero, el agujero sin remedio del mundo. Es la sensación de lanzarse a un precipicio y ser tomado por los ángeles en pleno vuelo: dejarse caer para subir, la ingravidez repentina que lo lleva más allá de su cuerpo.

–¿Sabe qué, primo? Ser *piedrero* es tuanis, es lo que se dice toda. Si no ¿por qué cree usté que tanta gente se va así, resbaladita en esto? Si fuera una mierda nadie se embarcaría, ¿verdá? Uno siente como que, ¿ya? Como que así debería ser siempre, como que la vida de veras, la vida de verdad, como tiene que ser legítimamente la vida para que sea vida y no muerte, es así, ¿me entiende? Y todo lo demás es cuento, es hablada, es mentira, es... ¿Ya? Pero lo pior es andar *arratado*. ¡N'hombre, eso sí es feo! Se siente uno peor que una rata y quiere palmarse. Idiay, mejor se muere y ya. ¿Cómo le dijera? La vara empieza aquí, en la garganta, o si no en el estómago, pero de ahí se pasa rapidito a todo el cuerpo. Es como si le anduvieran zompopas por dentro. ¿Me entiende? Y después comienzan la nervia. Una voz que le dice o le ordena lo que tiene que hacer: conseguirse una piedrita y ya. Pero no una voz, nada que ver, es otra vara. Aunque sea un toquecito, ¿me entiende? Darle unos toques y tranquilizarse. Estar tuanis, estar tranquilo. Ponerse buenísimo y nada más. Tal vez con esa vara uno se está matando, pero ¿qué? ¿Acaso le hago daño a alguien? Y no: lo que es la muerte, lo que de veras es la muerte de verdad, es cuando el cuerpo pide y uno no tiene nada que darle... ¡Ay, Dios mío! Mejor se muriera de una vez y ya, estaría tranquilo. Pero ¡qué va! No es tan fácil. Uno no se palma así no más. Entonces esa vara va creciendo, creciendo por dentro, hasta que no hay otra cosa, hasta que sólo queda eso y uno ya no aguanta más. Eso es el final, o como dice el dicho: nunca se pone más oscuro que cuando va a amanecer, ¿ya? Porque uno sabe que de alguna forma, aquí o allá, va a conseguir la cochinada para salir de ahí, del hueco ese que es el infierno, que es lo más triste que le puede pasar a alguien y que no se lo deseo ni a mi peor enemigo, calda hijueputa yo, por esta cruz...

O también podría decirte:

–¡Mamita, mamita! ¡Ayúdeme con algo, por favor! No ve que ando horrible; de veras, mita, yo sé que la *piedra* lo jode a uno, se lo lleva en banda, pero por Dios que no aguanto más. Ya ve que a nadie le hago daño, prefiero pedir y mantener el vicio con lo que me dan, y no andar robando ni asaltando a la gente, como tantos maleantes que andan por ahí. Hijueputa yo si algún día no salgo de esta vara. ¡Por Dios que sí! Ya he ido dos veces a donde unos curas muy legales que tienen una finca por allá por Cartago, que lo ayudan a uno, pero ¡qué va! No he pegado. De repente me viene una vara por dentro y me pongo loco y tengo que salir de ahí. Pero quién quita un quite y la tercera es la vencida, ¿verdá? Cualquier día de éstos me vuelvo a internar y salgo de ahí limpio, curado... ¡Qué más quisiera yo en la vida!

El miserable ha pronunciado estas palabras infinidad de veces, pero ahora no encuentra a quién decírselas y continúa avanzando por un costado de la carretera, alejándose del sitio donde hace un par de horas ocurrió el accidente. En su interior crece la sed y se aviva el llamado; su cuerpo se debilita y a la vez siente crecer una fuerza y una determinación, la certeza de que sólo eso que busca, cuya carencia lo ciega y lo hace desfallecer, lo arrebatará de la muerte y le devolverá la vida.

Hace un momento abandonó la carretera principal y ahora se adentra en una de las urbanizaciones que flanquean la carretera. La Nochebuena acaba de pasar, pero algunos cipreses resecos ya fueron arrojados a las calles y ahí dan tumbos empujados por el ventarrón. El miserable no los ve; pasa a su lado y husmea, revuelve dentro de las bolsas de basura. Sabe que ahí no encontrará lo que busca, aquello que necesita, lo único que puede devolverle la vida, darle un sosiego momentáneo y algo parecido a la felicidad. Lo hace movido por una especie de costumbre, por la creencia estúpida de que algún día hallará ahí algo de valor –no un resto de pizza ni un lacito rojo ni el cadáver de un reloj despertador taiwanés–; algo que le resuelva no digamos ya la vida (a la que en general considera irreparable), pero al menos unos días, unas semanas de tranquilidad.

La Nochebuena acaba de pasar y en las cocheras, junto a los autos, descansan carritos de pedales, patinetas y bolas de básquet, bicicletas sin estrenar. Desde lejos, desde fuera del reino enrejado, él lo mira todo y busca el resquicio, el descuido que le permita robar algo.

Y la niña de la bicicleta roja que se tambalea a lo lejos, en la acera, como en una cuerda floja mientras trata de pedalear, lo observa con instintiva desconfianza. Se detiene, se yergue sobre los pedales y se pone muy seria mientras lo mira venir. Lanza una mirada de alarma hacia la puerta entreabierta de su casa, pero no hay nadie ahí, sus padres nunca se despiertan tan temprano, la empleada fue de vacaciones. El hombre continúa avanzando en su dirección, y mientras ella hace un esfuerzo por no abandonarse al temor, le sonríe de la forma como ha descubierto que les gusta a los grandes. Sin embargo no funciona, pues ahora el tipo ha llegado hasta donde ella y la empuja y le trata de arrebatar la bicicleta. Ella se aferra al manubrio con todas sus fuerzas, mira un instante los ojos turbios del hombre, la sucia mano que viene hasta la suya y la desprende con violencia de la manivela, después la empuja y ella sale impulsada hacia atrás, trastabilla, va a caer, cae de espaldas y se golpea, escucha un golpe seco, ¡toc!, ¡plop!, ¡cock!, en su cabeza, comienza a llorar.

Grita –es algo que sabe hacer muy bien–, y corre aterrorizada hacia la casa: la luminosidad difusa del recibidor, su imagen fugaz en el espejo; luego, la penumbra del pasillo, hasta darse de bruces contra la muralla de la puerta del cuarto de sus padres. Escucha sus propios gritos durante un instante, y ya la puerta se abre, ya aparece su padre en pijamas, con la expresión de quien comprende que algo grave ocurrió, su madre un poco más atrás, ajustándose la bata a toda prisa, interrogándola con la mirada. Un cosquilleo tibio se desliza por su pelo hasta invadir el cuello. Tienta con su mano y descubre la sangre en sus dedos.

Mientras llora y grita, grita y llora y relata entre mocos lo que sucedió, su madre la abraza con fuerza y ella se deja envolver en esa tibieza entrañable, en ese olor familiar. Se abandona a su propio llanto, se pierde en él y cae en su agujero confortante. Como si viniera de muy lejos, escucha que su padre grita que lo va a matar. De reojo mira cómo él se viste a toda prisa, rebusca en lo alto del *closet* y saca algo de ahí. El abrazo de su madre le hace bien, la empuja más hondo, más adentro en el agujero espumoso del llanto. Su padre sale del cuarto con una pistola en la mano; la niña escucha los gritos de su madre: *que mate, que mate a ese hijueputa*, mientras la abraza con tanta fuerza que ella debe esforzarse para respirar.

Ahora la madre descubre alarmada la sangre en la cabeza de su hija y explora el cráneo para hacerse una idea del tamaño y la profundidad de la herida. El padre corre hacia el garaje, abre el portón y sube a su auto, lo enciende, pone la reversa y sale a toda prisa, dando coces como en un caballo que resintiera la brusquedad del jinete.

El padre maneja convencido de que el hombre no pudo alejarse mucho, y se detiene en cada esquina para lanzar un vistazo en todas las direcciones. A su lado, en el asiento del acompañante, reposa grave y solemne el revólver Smith & Wesson calibre 38. Tras recorrer las calles adormiladas de la urbanización, sale a la carretera principal y toma la dirección de San José.

A pesar del día y de la hora, circula una cantidad considerable de vehículos. Mientras conduce, siente y se repite enfurecido que así no se puede vivir. *Tenemos que hacer algo. Es el colmo. Hijueputa malnacido ese. Si lo agarro lo mato.* Entonces su mente accede al principio de investigación policial según el cual, para atrapar a alguien, debemos colocarnos en su sitio y tratar de pensar y actuar como él. Comprende así que difícilmente un hombre que acaba de arrebatar su bicicleta a una niña de pelo castaño llamada Gabriela, saldrá a la carretera principal, pues de inmediato llamará la atención, y adivina que más bien intentará alejarse del sitio por callejuelas y caminos marginales, para desgracia suya abundantes en la zona.

Acelera bruscamente para alcanzar el desvío que lleva a Guachipelín –es muy probable que el tipo se vea obligado a caminar por ahí–, y se dispone a girar a la izquierda en medio del chillido de los neumáticos. No ve, o quizás no le importa, que en ese instante un sedán blanco sale hacia la carretera principal. Lo hace muy despacio y el conductor lo descubre a tiempo para detener el auto, pero él viene más rápido y no puede hacer lo propio. Aunque intenta evitar el golpe, escucha el lamento de las latas al arrugarse. Quedan los dos carros detenidos casi en mitad de la carretera. Suspira para tranquilizarse, recuesta su cabeza contra el manubrio, y permanece unos segundos así, entregado de lleno al sentimiento de que éste está llamado a ser un día de mierda. Luego se voltea para mirar al conductor del sedán, que a su vez lo mira sacudiendo la cabeza con mueca de fastidio.

Aunque la mueca resulta comprensible en semejante situación, para el padre de la niña es la gota que rebalsa el vaso. Abre la puerta y se lanza caminando a grandes trancos hacia el carro blanco e insultando a gritos al conductor: «Imbécil, ¿no ve?, yo tenía la vía».

Dentro del sedán, el conductor escucha los insultos y se esfuerza por conservar la calma. Hace descender el vidrio para examinar mejor a quien le grita. Es alto –mucho más que él–, bastante delgado, el pelo lacio y castaño se agita al compás de sus movimientos, lleva bigote y patillas. Continúa gesticulando muy cerca de donde él hace esfuerzos sobrehumanos para controlarse. Escucha las groserías y, en su interior, un griterío de voces lo llama a salir. Mira la guantera al alcance de su mano y piensa en la 9 mm, pero se refrena y encuentra en ello un pequeño motivo de satisfacción.

Los vehículos que circulan por la carretera disminuyen la velocidad y dan un rodeo para eludir los carros que bloquean el paso. Lo trivial de la visión –un autobús desde donde los pasajeros asoman para curiosear– contribuye a tranquilizarlo. Pero ahora el otro conductor da media vuelta, regresa a su vehículo y, tras sumergir medio cuerpo por la ventanilla, emerge con un revólver en la mano. Como un relámpago él saca su Beretta de la guantera, y ya se dispone a utilizarla cuando el aullido de una sirena rompe en mil pedazos la extraña intimidad de ese encuentro.

En mitad de la calle, el otro conductor se voltea para ver de dónde viene el sonido y queda paralizado con el revólver colgando de una mano. Él también mira la unidad de paramédicos que se acerca a toda velocidad, rumbo a San José: ahora aminora la marcha para eludir los carros atravesados, se desvía hacia la cuneta en medio del lamento de la suspensión, y se aleja velozmente, mientras el sonido de la sirena se adelgaza.

Todo ha sucedido muy rápido. Desde su asiento puede ver al conductor del vehículo que lo chocó: continúa mirando la ambulancia que se aleja, y se diría que algo le sucedió, pues ahora alza su revólver y lo contempla con estupefacción, como si no entendiera por qué lo tiene en la mano. Enseguida le lanza una breve mirada y retorna a su vehículo. Cuando sale de ahí, ya no trae el revólver en la mano.

Con presteza él esconde la Beretta en el lugar habitual. El tipo llega hasta su ventanilla con la expresión desencajada, se agacha y rompe a llorar: jura que no sabía lo que estaba haciendo, se disculpa, introduce una mano dentro del carro y le palmea la espalda, insiste en tocarlo, lo quiere abrazar. Ésta es la oportunidad que necesitaba para largarse de ahí. Le pide al tipo que se tranquilice, propone que lo olviden todo y que dejen las cosas como están. Enciende el motor del sedán blanco y, cuando se aleja, grita divertido: «¡Pendejo! ¡Maricón!». Y se ríe del desgraciado.

Dentro de la ambulancia los paramédicos se esfuerzan para mantener los signos vitales del conductor del BMW accidentado. Trabajaron varias horas con sierras y sopletes para liberarlo de las latas retorcidas, en ese lapso perdió mucha sangre. Así lo informa por radio uno de los asistentes a la sección de Emergencias del Hospital San Juan de Dios, donde se activan los preparativos para recibir a un paciente en condiciones críticas.

La tarea de esa doctora que camina a toda prisa por los pasillos consiste en supervisar la entrada del paciente al Hospital: debe recibir el informe de los paramédicos, realizar una valoración inicial y elaborar, junto con dos colegas, un diagnóstico que establezca las prioridades de la atención, incluyendo las intervenciones quirúrgicas.

Ha realizado esta labor durante años y se considera –y es considerada por sus superiores– una profesional competente. Ahora se dispone a recibir a la unidad de paramédicos –cuya sirena ya se escucha a la distancia–, con cierta ansiedad y la habitual expectación, ignorando por completo a los pacientes de menor gravedad que aguardan en la sala.

Pero es precisamente de ahí, de esa zona indefinida, excluida de su atención, de donde emerge una voz que la llama por su nombre. La doctora se voltea a tiempo para ver la figura alta y todavía borrosa de una mujer que se incorpora de una silla con un niño en brazos. A contraluz no logra identificarla, pero la voz le resulta familiar y aguza la mirada tanto como puede.

Avanza un par de pasos en esa dirección y la mujer hace otro tanto, hasta que por fin reconoce a una vieja amiga a quien tenía años sin ver. La mujer se acerca y con expresión angustiada le explica que había demasiada gente en el vecino Hospital de Niños, le ruega que atienda a la pequeña. Sólo entonces la doctora advierte que se trata de una niña y no de un varón.

El sonido de la sirena es ahora muy intenso, ella sabe que dispone de poco tiempo para encontrar un colega que la reemplace. Corre por el pasillo y no muy lejos se cruza con un compañero que le debe un favor. La doctora le explica de lo que se trata y él accede a tomar su puesto, no de muy buena gana, es verdad. Ya más tranquila, regresa a la sala en busca de la mujer y de su hija, mientras el médico se dirige a recibir la unidad que ahora ingresa al patio de ambulancias.

Cuando las compuertas se abren, todo lo que el doctor ve es el gesto de frustración de los paramédicos, que sin necesidad de palabras le hacen saber que ya no hay nada que hacer. Mira la sábana ensangrentada que cubre el cuerpo y piensa que después de todo hizo un buen trato con la doctora.

2

También podríamos empezar por el viaje a playa Panamá, veinte años atrás, y remontándonos hasta la casa de Luis –en la parte alta del Barrio Don Bosco, a la altura de la calle veintidós–, encontrarlo cuando termina de empacar en su mochila las cosas que llevará al paseo.

Luis es ese muchacho bajito y moreno, de cabeza sorprendentemente grande para el tamaño de su cuerpo, pelo ondulado y ojos negros enmarcados por largas pestañas que fascinan a las muchachas –no a todas– y dan a su mirada un aire soñador, que ahora se dirige a la cocina para despedirse de su madre. Con despreocupación recibe el beso y la bendición de la mujer, y oculta el vago malestar que le producen los desvelos de su madre por él. Responde con paciencia a sus preguntas –con quiénes va y qué día regresa y otras cosas por el estilo–, y le promete que llamará por teléfono apenas pueda.

El muchacho sube al segundo piso y va hasta el cuarto donde su padre descansa tumbado en la cama matrimonial; desde el rellano de la puerta le lanza un gesto de mano y algo parecido a una sonrisa, además de una frase compacta de despedida. Luego baja las escaleras y se escabulle hacia la cochera, donde asoma la cabeza para despedirse de su Honda Enduro 125. La despedida de la moto es muy discreta, apenas una mirada para asegurarse de que está ahí y para encomendársela –¿a quién? ¿A Dios?– hasta su regreso.

Y por fin sale a la calle, cargando el peso del salveque y la esperanza de que las lluvias, que aún dudan de abandonar el Valle Central (como se lo hace patente esa llovizna que apenas roza sus sentidos), hayan cesado en la costa del Pacífico. Y ya camina por la acera flanqueada por viejas casas señoriales de los años cuarenta y cincuenta, la mayoría en franco deterioro o remodeladas para utilizarse como oficinas, entre las cuales la casa de su familia –no tan amplia pero sí más moderna– desentona sutilmente.

Las preocupaciones de Luis, como las de tantos muchachos de familia acomodada, giran alrededor de su motocicleta, los bailes, las borracheras con amigos, la suerte del Deportivo Saprissa en el campeonato de fútbol, la decisión que debe tomar respecto al trabajo que su padre le ofreció, la posibilidad de matricularse en la universidad, el clima en playa Panamá durante los próximos días, su deseo de comprarse unos pantalones y una chaqueta nuevos. A él sólo le importan sus pequeños asuntos, las tardes de motocicleta y motocross, las faldas movedizas de las muchachas, sus sonrisas provocadoras, las torneadas piernas donde danzan los vellos al compás del viento; le importan los bailes en los gimnasios de los colegios, los encuentros pretendidamente casuales en el salón de patines, ciertas películas en el cine, algunas series de televisión y la música de unos cuantos grupos norteamericanos de rock.

Como ecos lejanos, tenues vibraciones en la atmósfera, le llegan las noticias de lo que sucede en el mundo. Mira con desconfianza a la recién triunfante revolución sandinista. Huelgas, manifestaciones y movimientos de protesta son invento y manipulación de los comunistas y otros que su padre –y él suscribe– llama genéricamente «los cabezas calientes». Estas cosas suceden en un planeta lejano y ajeno.

Dentro de su pequeño mundo, Luis se mueve con soltura y seguridad. No obstante, bajo su sonrisa confiada, o junto a ella, bajo su mirada soñadora que fascina a las muchachas –no a todas–, o junto a ella, se agita, tiembla, reverbera, aquí sí, una sombra, una duda, un temor; algo apenas perceptible pero lo bastante claro para que no pueda ignorarlo: una hoja que de repente cae en el estanque y enturbia la visión idílica que ahí se refleja.

Es su cabeza. Desde muy niño, Luis sabe que hay algo desproporcionado en ella. Pero son también su estatura y el color de su piel, pues esa misma cabeza coronando un cuerpo –digamos: ocho centímetros, doce centímetros– más alto, sería otra cosa, no produciría la sensación de que algo no anda bien. En cuanto al color de su piel, puede calificarse indistintamente como broncínea o cobriza, morenita o mestiza, y tantas formas que la decencia y el decoro han ideado para referirse a pieles como la suya (como aquella vez, saliendo de la casa de Norma Esquivel, cuando escuchó que una amiga de doña Beatriz murmuraba a sus espaldas: «¡Ay, pero si es muy *oscurito*...!», sin disimular su decepción, o quizás su pena por él...).

Pero Luis también guarda otra inquietud, incuba otra debilidad. Y es su padre. Mejor dicho: Luis lo adora, piensa que lo adora, y ambos consideran que sortearon con éxito las turbias aguas de la adolescencia. No obstante, hay algo que al muchacho le cuesta aceptar, y es su trabajo, es su negocio, es que día a día él tenga que ensuciarse. El padre es propietario de un taller de reparación de vehículos –de los mejores, es cierto, de los que incluso se anuncian en los periódicos, en la radio y en la televisión–; un taller en el que trabajan doce empleados, con los más modernos sistemas electrónicos para el diagnóstico y la rectificación de motores, etcétera.

Luis comprende que la casa donde viven, el carro de la familia, su moto y la de su hermano, el viaje de quince años a Miami que le regalaron a su hermana, y todas las cosas que tienen y disfrutan, son fruto del esfuerzo de su padre y vienen de ahí, del taller, pero desea y no puede, lo intenta y fracasa siempre, dejar de sentir que hay algo bastardo, algo barato y vulgar en todo aquello, en especial cuando su padre –como suele hacerlo– olvida que es el gerente y propietario del negocio y vuelve al principio, regresa a los orígenes, a la época cuando era solo un mecánico, y se encarama los *overoles* y se consume bajo los carros para trabajar con las llaves y las otras herramientas como si fuera un mecánico más.

Si en ciertas circunstancias Luis experimenta este inoportuno desprecio hacia su padre, otras hay en que el mismo taller y el mismo padre pasan a ser motivo de orgullo y objeto de admiración. Por ejemplo, en el colegio –hasta hace algunos meses Luis estudiaba en el Colegio Los Ángeles, regentado por curas dominicos– muchos compañeros le hacían sentir que en el taller, y por lo tanto en su padre, Luis tenía motivos de sobra para presumir. Y, reverentes, pedían o escuchaban su opinión sobre algún tema, o lo miraban alejarse envidiosos de su Honda Enduro.

Ahora hemos de abandonar a Luis en la soda del mercadito y terminal de autobuses de la Coca Cola, donde espera a sus amigos bebiendo un refresco de piña y preocupado por el retraso de ya casi diez minutos, y fijar nuestra atención en ese otro muchacho que se acerca. Se llama Johnny Fuentes y tiene, también, diecisiete años. Sólo a esa edad se puede sonreír de la forma en que lo hace él. Porque esa sonrisa diáfana, transparente, es lo primero que atrapa nuestro interés. (En esta ocasión, la sonrisa deja traslucir una extraña mezcla de culpa y regocijo.) Es apenas más alto que Luis, pero esos centímetros hacen el milagro, pues con ellos traspone el umbral que separa a los «bajos» de las personas cuya estatura hemos de considerar «normal».

Johnny es un poco corvetas, es decir, sus piernas están ligeramente arqueadas y sus pies torcidos hacia el interior, casi hasta rozarse las puntas. Eso lo hace balancearse un poco más de lo normal, pero en ese bamboleo él encuentra un extraño placer. Johnny es un muchacho positivo; siempre lo ha sido. Ni siquiera por haber perdido la última falange del dedo anular de su mano derecha –de eso hace muchos años y ya habrá momento de contártelo– se dejó amilanar ni perdió el buen talante.

A diferencia de Luis, a quien los asuntos religiosos lo traen sin cuidado, Johnny se considera, o más bien aspira a ser, lo que podríamos llamar un buen cristiano. Su aspiración no tiene dobleces ni complicaciones, y para Johnny esto equivale, poco más o menos, a ser un buen tipo, es decir, a no desearle el mal ni realizárselo a nadie, y a hacer todo el bien a su alcance a la gente que pueda. Como su sonrisa, su fe en el poder redentor de Jesucristo, y en la Iglesia que predica y obra en Su nombre, es entusiasta, confiada y libre de rebuscamientos.

En vez de una pesada mochila como la de Luis, carga un maletín de lona, en el que caben holgadamente las escasas cosas que lleva a la playa. Eso sí, por sobre su hombro sobresale varias cuartas el estuche negro y pesado de su guitarra, a la que en confianza llama *Lorena*. Con ella se acompaña para cantar piezas de Joan Manuel Serrat («Cantares» y «Pueblo blanco» son sus predilectas), de Cat Stevens («Moon Shadow» y «Morning Has Broken»), de los Beatles («Yesterday» y «Yellow Submarine») y de Luis Enrique Mejía Godoy («El Cristo de Palacagüina»).

Durante varios años fue miembro del grupo musical que el Padre Javier organizó para animar las misas en el colegio, al que luego invitaron a hacer lo mismo en la iglesia parroquial de Calle Morenos.

Era un grupo mixto compuesto por tres guitarristas y tres cantantes, una de las cuales tocaba, además, la dulzaina. La música que interpretaban era juvenil y moderna, y según Johnny venía a demostrar que se podía ser católico y tener fe de una manera distinta a la de sus padres, es decir, acorde con los tiempos.

No obstante ser Johnny de sensibilidad más refinada que su amigo (y hasta hace poco compañero de estudios) Luis Redondo, su quijada, sus manos y su pelo, son, por así decirlo, bastante más toscos, si hemos de aceptar aquí el lugar común según el cual las formas finas son aquellas suaves y alargadas, y las toscas, las de ángulos más rectos; y, en lo que se refiere al cabello, el más grueso. Más paradójico resulta esto si escuchamos la voz de los muchachos, pues la de Luis (que gusta de hablar poco y muy bajo) es melodiosa y agradable, en tanto en la de Johnny sobresale un timbre agudo dentro de un tono general grave, como en las campanas eléctricas que utilizaban en el colegio para señalar los recreos y cambios de lección. Sólo cuando Johnny canta, ambos extremos, el agudo y el grave, se funden en un tono intermedio, que él afina y maneja a la perfección.

Johnny es más parlanchín que Luis, y ese dominio de la palabra, esa confianza en su capacidad de nadar en las aguas oscuras del pensamiento (donde a menudo los otros, y en especial Jaime, se sienten naufragar), le infunde un vago sentimiento de superioridad y le reafirma su derecho a un lugar de privilegio en el grupo. Luis y Jaime siempre han considerado a Johnny más inteligente, y aunque admiran ese tipo de inteligencia, la encuentran un tanto inútil, como un lindo adorno algo estorboso. Para algunas cosas están dispuestos a reconocer el liderazgo de Johnny, pero por ninguna razón desearían ese sitio, que consideran un estigma.

Y ya por fin asoma la cabeza de Jaime entre el gentío que se agita en el patio de la terminal. Camina más aprisa que los otros –el largo de sus piernas lo favorece–, y trae impreso en su rostro un gesto de pregunta, *¿se habrán ido ya?*, que lo lleva a contraer su frente y a entrecerrar los ojos, empequeñeciéndolos todavía más de lo que ya hacen los anteojos de aro plástico negro. Carga, al parecer sin mucho esfuerzo, un gran maletín deportivo que para los otros resultaría molesto. No sólo su estatura lo hace notorio entre el gentío, es también su actitud, una forma curiosa y un poco cómica de andar como perdido –por algo le dicen *Torombolo*–, o la torpeza de los que crecieron medio metro en pocos años y todavía no se habitúan a las nuevas dimensiones de su cuerpo. Pero su torpeza es engañosa, pues si lo vieras jugando baloncesto –saltos, giros, desplazamientos–, ese mismo cuerpo desplegaría su vitalidad de una manera sorprendente.

Johnny y Luis lo descubren y van a su encuentro, lo interceptan y apenas tienen tiempo de trepar al autobús que ya calienta el motor, en medio de grandes resoplidos y envuelto en una hedionda humareda.

El autobús no va lleno y, aunque los asientos no son numerados, consiguen sentarse juntos. Jaime se ubica en la ventanilla, Luis en el centro, Johnny del lado del pasillo. Hablan desordenadamente, más fuerte que lo habitual, sobre el clima, sobre la comida y las bebidas que consiguieron, sobre sus expectativas para los próximos días. Pero mientras sus amigos siguen discutiendo, Jaime se desentiende y se abandona a la contemplación de las calles y edificios. Mira sin la curiosidad de un niño, pero sin el escepticismo de un adulto ni el cansancio de un viejo. Mira por la ventanilla como si aún esperara el milagro de encontrar ahí algo inesperado, una hermosa muchacha rubia en minifalda, o inclusive dos; un Mercedes Benz o un Porsche último modelo. Mira por la ventanilla mientras juguetea con sus mocos y hace un esfuerzo para resistir la tentación de destriparse las espinillas, ya se lo dijo el doctor, *no hay nada peor que eso y como siga haciéndolo, un día de estos va a desarrollar una infección terrible que puede incluso matarlo, yo sé de casos.* Pero a él le cuesta tanto controlarse, la única forma que ha encontrado es entretenerse con los mocos. Y sus ojillos cafés, casi grises, parecidos a los de un ratón, se mueven en todas direcciones en busca de la rubia que no aparece.

3

O acaso debemos iniciar en el salón de patines que los hermanos de La Salle hicieron funcionar durante algunos años en el gimnasio amplio y un poco lúgubre de su colegio, a mediados de los años setenta. Dentro de los márgenes amplios y agradablemente imprecisos de la clase media, ahí se encontraban muchachos de muy diverso origen social.

Norma Esquivel, por ejemplo, acudía con frecuencia en compañía de su hermana Nuria, o de amigas como Sonia Salas y otras chiquillas del vecindario. También lo hacían Luis Redondo (aún no tenía motocicleta, fue cuando cumplió quince años que se la regaló su padre) y Jaime Coto, cuyo interés en el patinaje era más bien periférico: ambos acudían atraídos por las *carajillas* púberes primero, por las *hembrillas*, las *ricuras*, los *hembrones* y las *mamazotas* después. A diferencia de sus amigos, el interés de Johnny en el patinaje era auténtico: tenía sus propios patines y corría muy rápido; a menudo se quedaba a la sesión nocturna después de asistir a la de la tarde.

Durante las sesiones bebían gaseosas y comían golosinas; en los descansos se paseaban por las gradas del gimnasio para tener una visión panorámica de lo que sucedía. Patinaban al compás de la música de moda y apostaban para ver quién daba una vuelta a la pista más rápido (ellos), o a quién invitaba a patinar primero, durante la sección de patinaje en parejas, el muchacho más guapo y codiciado del salón (ellas). Reían a grandes carcajadas cuando se daban un sentonazo (ellos y ellas, pero sobre todo ellas), y se cuchicheaban al oído para llamar la atención de sus acompañantes sobre tal chiquilla o tal chiquillo. Reían bastante, es verdad. Incluso Jaime, a quien por esos años apodaron Torombolo, se sobrepuso a la humillación, y respondía con su risa sonora pero entrecortada, como hecha a martillazos, cuando lo llamaban así.

Norma y Johnny fueron los primeros en tratarse. Se habían visto algunas veces en la iglesia parroquial, a donde acudía Norma con su familia los domingos (excepto don Marcos, escéptico y desconfiado por instinto), y donde se presentaba Johnny con sus compañeros del grupo musical. Esto facilitó el encuentro en el salón de patines –la torpeza de las primeras palabras, los lugares comunes inevitables, los silencios temblorosos que se sortean como baches, las sonrisas nerviosas y el sudor en las manos–, cuando Johnny se atrevió a invitarla a patinar en pareja uno de tantos sábados.

Ella, tan alta, nada torpe aunque lo pareciera, fuerte y de carnes redondeadas, perfectamente saludable en su risa un poco insolente, en sus gritos casi siempre amigables, aunque a menudo salpicados con palabrotas –güevón, pendejo, puta, carajada–, exudaba una confianza imposible de definir, una satisfacción profunda pero no autocomplaciente, una fuerza de manantial. No era bella: su quijada resultaba muy prominente y sus espaldas demasiado anchas; ni siquiera los ojos, que hubiesen podido reflejar la plenitud que los habitaba, eran llamativos. Palpitaba, sí, la frescura de los quince años en su piel, en los pechos apretados que ella disimulaba con blusas amplias, a menudo con *t-shirts* holgadas, rara vez con un vestido o traje de mujer.

A Johnny le había llamado la atención la forma como los miraba en la iglesia. No era una expresión de recogimiento, de curiosidad ni de inspiración digamos «religiosa», como la mayor parte de las miradas que recibían cuando cantaban: la suya transmitía una simpatía directa, un poco brutal, el deseo de que las canciones salieran bien y nada fallara.

Cuando se acercó para invitarla a patinar, Norma estaba sentada en las gradas, pero tan pronto ella se incorporó, Johnny reparó en su estatura y se reprochó el error. Sin embargo, Norma lo tomó de la mano y comenzó a patinar tranquila, acostumbrada como estaba a ser más alta que sus acompañantes.

Johnny se tranquilizó lo suficiente para conversar y le preguntó su nombre y el colegio donde estudiaba; en el Saint Clare, respondió ella, y él repitió sin querer: «¿En el Saint Clare?», deslumbrado por la fama de que ahí se cultivaban las flores más bellas y aromáticas del país, también las más adineradas.

Luego Johnny se identificó como miembro del grupo que cantaba los domingos en la iglesia del Perpetuo Socorro; ella dijo que ya lo sabía y él estuvo a punto de sentirse seguro y sideral. Patinaron. Giraron alrededor de la pista. Conversaron más. Las manos entrelazadas sudaban, como es normal. Johnny quedó satisfecho con la conversación, pues le daba derecho a saludarla en la iglesia y a invitarla a patinar otra vez.

Más tarde, mientras los tres amigos caminaban hacia la parada del autobús, recapitularon con palabras sueltas y frases deshilachadas las incidencias de la tarde. Johnny les contó que Norma estudiaba en el Saint Clare, y sin que fuese necesario decirlo, todos pensaron que ella podía ser la llave o la puerta de entrada al paraíso lejano que representaban ese colegio y quienes ahí estudiaban: símbolo de prestigio y poder, fortaleza inexpugnable y harén mítico, todo a la vez.

Sus primeros acercamientos se realizaron con la perspectiva apenas disimulada de que Norma sería solamente el puente que los llevaría allá. No imaginaron que a su manera y sin proponérselo, con ese estilo despreocupado y ligero, informal y un poco atrevido, ella terminaría por encantarlos y seducirlos.

Además de vecinas en Sabana Norte desde la niñez, cuando la familia Esquivel construyó su casa frente a la de los Salas, Norma y Sonia eran compañeras en segundo año del Saint Clare y buenas amigas. Quizás no fueran amigas íntimas, puesto que nunca medió ese carácter electivo que distingue a las amistades más cercanas, pero el trato de tantos años, el haber crecido (y seguir haciéndolo) juntas, el viajar todos los días en el mismo autobús hasta el colegio y luego de vuelta hacia la casa; el compartir los mismos profesores y encontrarse por las noches en las calles del barrio, cuando salían a vagabundear en grupo o se sentaban a conversar durante horas en algún rellano; la memoria de las travesuras infantiles compartidas, de los sueños púberes comunes, de tantos juegos y de tantas historias vanas, pedestres, inútiles, y sin embargo insustituibles y definitivas, constituía un vínculo poderoso y apreciado por ambas.

Sonia es esa muchacha baja y gordita, con el pelo castaño y muy ralo cortado a la altura de los hombros y el fleco cruzado sobre la frente; esa muchacha de culo anchuroso, sedimentario y terrenal, de brazos y piernas cortas donde se adivinan las marcas de una remota varicela. Sonia aparece, se dibuja con su sonrisa llana, con sus dientes bien ordenados pero de color no muy llamativo; tetona, es verdad –Jaime diría después que de tomar uno de sus sostenes y colocárselo a modo de sombrero, se vería como el Mago Merlín–; Sonia aparece aquí con sus ojos castaños y pequeños en mitad de la cara con forma de pera invertida; Sonia con varios anillos en los dedos central y anular de ambas manos; con una pulserita de oro, con su nombre grabado, pendiendo en su muñeca derecha, *Sonia de los Án-*

geles Salas Centeno, 13-3-62, y un collarcito, de oro también, catorce quilates, con un dije de la Virgen de los Ángeles colgado de su cuello, hundiéndose en la abrupta hondonada que separa sus senos. Sonia Salas aparece sonriendo como para una fotografía de pasaporte, aunque su sonrisa no es otra cosa que un duelo por la belleza que nunca tuvo, por tantas cosas que pidió y no se le concedieron.

A pesar de ello, su sonrisa deja entrever la alegría un poco marchita de sus catorce años, el entusiasmo ciego de la juventud. La vemos antes que conociera a Johnny Fuentes –y esa ilusión le daba fuerzas–, pero antes, también, de que descubriera que, aunque existía, Johnny nunca le iba a pertenecer –y esa certeza borró de su rostro todo asomo de esperanza, casi diría de alegría–.

Aunque las familias de Sonia y de Norma pertenecen a lo que suele llamarse «la clase media», los Esquivel están cómodamente anclados ahí, muy a gusto y dueños de la situación –además de dos carros, una quinta de recreo en La Garita y la casa de Sabana Norte, amplia y de dos plantas, jardín y patio interior–. Los Salas, por su parte, compraron de primeros en el barrio, a precio de ocasión, y construyeron su casa con infinitos esfuerzos.

Mientras los padres de Norma se instalaron en Sabana Norte porque su anterior casa, en Barrio Escalante, comenzó a resultarles estrecha al nacer su último hijo, los Salas aterrizaron de golpe y porrazo, procedentes de una casa de alquiler en Guadalupe, con la familia hecha y cuando el hijo mayor había iniciado la secundaria.

Y mientras doña Edith, la madre de Sonia, trabaja en el departamento de contabilidad de la tienda La Gloria –es empleada de confianza ahí, y su puesto resulta indefinible, pues ha terminado amoldándose a ella, o ella a él, como un traje hecho a la medida: mezcla de asistente del director, contabilista jefe y enlace con la dirección general–, doña Beatriz, la madre de Norma, se dedica casi por entero al hogar. Es verdad que a veces se aventura con pequeños negocios –trae joyería o ropa fina de Miami, a donde viaja con frecuencia, o se gana la comisión por vender una propiedad de algún amigo–, pero lo hace sobre todo para entretenerse y ganar algún dinero adicional, pues su principal responsabilidad es atender a sus hijos y, por supuesto, a don Marcos, su marido.

¿Resultará revelador que doña Beatriz tenga su propio auto mientras doña Edith se moviliza diariamente en taxi y en autobús? ¿Contribuirá en algo agregar que en casa de los Esquivel trabaja desde hace años una empleada doméstica de pelo largo y mirada soñolienta (llamada, por supuesto, simplemente María), mientras en la de los Salas el cuarto previsto para el servicio terminó convertido en bodega? ¿Será ocioso echar un vistazo a la sala de ambas casas: pulcra y ordenada la de los Esquivel, amueblada con amplios sofás de cuero lustroso; más bien caótica la de los Salas, mezcla de cuarto de juegos, salón comedor y sitio donde se hacen las tareas escolares?

Johnny fue el primero en aparecerse en Sabana Norte, una noche de tantas. Sólo tenía que cruzar el gran parque de La Sabana, entonces en construcción, repitiendo casi la misma ruta que caminaba cada mañana desde su casa en Calle Morenos hasta el Colegio Los Ángeles. Norma fue amigable y lo presentó a los vecinos, atareados en esa ocasión con un juego de naipes. Johnny se integró sin dificultad al grupo y Norma lo invitó a regresar cuando quisiera.

El siguiente domingo se encontraron en el salón de patines; Sonia acompañaba a Norma y ella los presentó. Sonia lo encontró simpático y *bastante* atractivo, pero no más que otros ni lo suficiente para considerarlo el suyo, el esperado, el definitivo. A Johnny también le resultó simpática, aunque le molestó un poco que durante toda la noche no se despegara un instante de Norma.

Y ya se sabe cómo son estas cosas: un amigo lleva a otro amigo, un asunto lleva al otro, y al final todos resultan conocidos.

Los tres comenzaron a frecuentar el barrio de Sabana Norte. Al principio lo hacían atraídos por Norma, pero pronto conocieron a Nuria –su hermana dos años menor, sin duda más bella–, a Sonia y a las otras muchachas bien alimentadas y mejor vestidas que crecían por ahí, con la mirada lánguida y la piel contenida y tersa de las adolescentes.

Con desconfianza al principio y un poco a regañadientes después, los muchachos del vecindario los integraron al grupo. Luis jugaba fútbol con ellos y Jaime pronto se hizo insustituible en los partidos de básquet. La destreza de Johnny con la guitarra terminó de rendirlos. Fue de ese trato, regular y prolongado, de donde surgieron los sentimientos que durante algunos años los mantuvieron unidos.

Sonia tuvo que admitir que se había enamorado de Johnny cuando se sorprendió escribiendo su nombre en un cuaderno, al lado de su propia firma repetida hasta llenar varias páginas. No supo en qué momento comenzó a escribir «Johnny» en vez de «Sonia». Todo lo demás fue encerrar cada página garabateada con ambos nombres dentro de un corazón tembloroso de tinta azul. Se ruborizó (yo también me ruborizo al escribir esto, pero qué vamos a hacerle: así son las adolescentes) y arrancó las páginas de su cuaderno, pero lejos de lanzarlas a un basurero, las ocultó bajo el colchón de su cama.

Pronto Sonia descubrió que la luz que emanaba de Johnny al saludar a Norma, tenía una intensidad y encerraba una promesa que no existía en la que le entregaba a ella, y que antes de regresar a Calle Morenos el muchacho hacía lo imposible por tener, al menos, unos instantes a solas con Norma. Aunque no se atrevía a pensar que tal vez estaba enamorado de su amiga, comprendió que para tenerlo algún día tendría que aprender muchas cosas, incluida la paciencia.

Hubo un tiempo, bastante al inicio, cuando Johnny se sintió halagado por los coqueteos de Sonia. Algo bueno debía de tener Sonia para encontrar en él tantas cosas buenas, sentía en silencio, aunque la forma como ella lo expresaba –con aquellas miradas lánguidas y aquellas sonrisas suspendidas, y con su manera de estar siempre presente cuando y donde él aparecía– le resultara a menudo incómoda. Nunca antes alguien le había concedido el privilegio de que su sola presencia estableciera una diferencia y resultara significativa.

A Johnny le tomó un tiempo comprender que nadie concedía esa distinción sin esperar nada a cambio, y que el precio que la transacción suponía era la reciprocidad. Entonces, a sus ojos, Sonia se hizo grotesca: ella había tendido los hilos de su trampa en torno a él; a veces le parecía un agujero que quería devorarlo, reclamándole atenciones que él jamás prometió.

Todo esto sucedía fuera de las palabras, al margen de sus pensamientos, en forma de remolinos y relámpagos que de pronto lo poseían y no alcanzaban a tomar forma definitiva, ni mucho menos a expresarse. Más bien se sentía culpable por haber entrevisto, aunque fuese de manera fugaz, tan horribles sentimientos. Entonces se esforzaba por mostrarle a Sonia que, a pesar de todo, ella le agradaba y era especial para él, y que por su parte las cosas podían continuar como estaban. Para ella este mensaje encerraba la promesa de que un día su amor sería posible, y así el malentendido seguía creciendo, engendrando a su paso pesados resentimientos, que ninguno de los dos reconocía ni podía enfrentar.

Otras veces Johnny se empeñaba en transmitirle a Sonia la idea de que lo que sucedía entre ellos era producto de un equívoco, pero lo hacía con tanta suavidad que terminaba por alimentar sus esperanzas y aumentar su confusión. Nunca, durante aquellos años, hablaron con franqueza del asunto, y cuando bailaban abrazados en la pista, en las numerosas fiestas de quince años a las que asistieron juntos, Sonia debía hacer grandes esfuerzos para no entrecerrar los ojos ni abandonarse a una ensoñación que hubiese resultado delatora, y Johnny otro tanto para que la rigidez de su cuerpo no resultara excesiva e hiriente.

A veces, cuando se miraba en el espejo de la sala, Sonia sentía que las remotas marcas de la varicela infantil en sus brazos eran la señal inequívoca de su amor fallido. Más aún: sentía que la varicela había marcado su destino, y que lo sucedido con Johnny era el desenlace previsible de algo que estuvo decidido desde siempre.

Johnny admiraba a Norma, se sentía poderosamente atraído y encontraba en ella todo lo que deseaba, todo lo que buscaba, pero también lo que no se atrevía a pedir, de lo que no se sentía merecedor: *Señor, no soy digno de que entres en mi casa, pero una palabra tuya bastará para sanarme...* De una manera poderosa y confusa, en la mente de Johnny esta hermosa frase litúrgica se conectaba con su admiración por la muchacha. Johnny no aspiraba a poseer un día a Norma –en ningún sentido: ni carnal, ni figurado–, pero su cercanía le resultaba tonificante, lo electrizaba, lo elevaba, le confirmaba que a pesar de sus a menudo absurdas apariencias, la vida tenía un sentido elevado y profundo, del cual él podía formar parte.

Si había algo importante para Johnny, algo en lo que creía y a lo que consideraba digno dedicar su vida, era fundar una familia. Johnny soñaba con ello como otros lo hacen con hazañas épicas o con aventuras sin fin. Su ambición, su anhelo, parecía de entrada más sencillo, pero él pensaba que una familia era la empresa más riesgosa y elevada, pues implicaba atraer hacia sí y poner en juego la Suprema Energía que todo lo atraviesa y lo determina (aunque cegada por lo trivial de la vida en familia, la mayoría de la gente sea incapaz de entenderlo así, razonaba él).

Johnny ignoraba por qué motivo Sonia no calificaba como candidata para su proyecto. Sentía algo caótico y oscuro en ella; algo escurridizo y, sin embargo, constantemente presente que la señalaba y anulaba toda posibilidad de encuentro. Aunque a veces disfrutaban de momentos de tranquilidad, todo solía estar marcado por cierta aprehensión, por una demanda que le exigía siempre más, como si Sonia esperase de él la respuesta de preguntas que Johnny ni siquiera se había formulado, tiñéndolo todo con el sentimiento de estar siempre en falta.

Para Norma, Johnny era más que un amigo, era casi un milagro, un amigo excepcional; alguien en quien confiaba ciegamente y a quien le revelaría sin chistar todos o casi todos sus secretos. Norma percibía la entrega de él y comprendía que entre ellos había algo especial; sabía que su afinidad era profunda y que coincidir en la iglesia los domingos los acercaba cada vez más, pero todo quedaba enmarcado dentro de los más estrictos moldes de una amistad, y por ningún motivo creería que Johnny estaba enamorado de ella.

Luis jamás creyó que Norma no se percatase del alboroto que Johnny armaba en torno a ella. Pensaba que prefería desentenderse y hacer como si el asunto no le concerniera. Amparada, según él, en la pureza de aquella amistad, se valía de Johnny para mantener a su alrededor una pequeña corte, de la que él mismo, por rebote, también formaba parte. Pero estos pensamientos rara vez le inyectaban su veneno, y Luis nunca se los confesó ni siquiera a Jaime.

Luis era más tímido, o al menos le tomaba tiempo sacudirse de encima la sensación de que cada cosa que dijera ante una persona desconocida despertaría su reprobación. A veces parecía paralizado, mirando todo desde sus grandes ojos danzantes, con una sonrisa congelada en los labios. Sólo después de cierto tiempo salía su duendecillo, como los cangrejos que, antes de aventurarse al exterior, asoman sus antenas temblorosas para tantear el terreno.

No era fácil para él entrar en confianza, pero una vez que lo hacía se convertía en un animal juguetón y curioso, a veces provocador, o inquieto, o atrevido. En los recreos del colegio se resbalaba de conversación en conversación, interviniendo aquí y allá hasta ocupar todos los espacios vacíos y atraer hacia sí la atención de los demás. Una vez que era el dueño de la situación, arrojaba un manojo de confeti a la cara de sus compañeros, que siempre celebraban sus ocurrencias. La conversación volvía a fraccionarse y Luis regresaba a su agujero; así, estaba en el centro sin parecerlo.

En el barrio de Norma, en especial cuando se congregaba un grupo numeroso de muchachos, Luis se cohibía y no llegaba a sentirse lo bastante bien para desplegar su ingenio. Observaba y casi no intervenía, y sobre todo se cuidaba de propiciar conversaciones que pudieran desembocar en temas como la profesión de los padres, los negocios y el dinero. Sólo si el grupo era pequeño asomaba algo de su don de gentes, y sonreía y se explayaba como era usual en él.

De alguna forma Norma se responsabilizaba por la presencia de los tres muchachos en el barrio, y derramaba sobre ellos su mirada calurosa y maternal. Y mientras Johnny se sentía cómplice de aquella mirada, Luis se la agradecía. Jaime, por su parte, nunca se sintió menos que Norma ni que nadie, tal vez porque nunca pretendió ser algo diferente de lo que era entonces, y le devolvía a ella su mirada con el mismo asombro un poco ingenuo con el que la recibía, preguntándose de paso de dónde y por qué la fascinación de Luis y de Johnny por ese vecindario, donde ni siquiera se jugaba básquet tan bien como en Barrio México.

Jaime estaba ahí por Luis, porque sin él se encontraba inseguro, y le resultaba más cómodo seguirlo que tantear sus propios caminos. Luis siempre retribuyó esa lealtad, y años después, cuando tuvo la motocicleta, el puesto del acompañante fue siempre para él. Entre ellos se tendía un puente en el que se mezclaban sentimientos como la camaradería, la admiración, la simpatía, una complicidad profunda y en muchos casos excluyente de terceros, y una conciencia difusa pero certera de su mutua dependencia.

Cuando los muchachos empezaron a visitar Sabana Norte, Sonia marcó ostensibles diferencias en el recibimiento que brindó a cada uno de ellos. Fue encantadora y amable con Johnny, pero con los otros, y muy en especial con Luis, fue indiferente, por no decir antipática, antipática por no decir grosera, grosera por no decir que una reverenda hijueputa, en palabras de Jaime.

Luis era una amenaza para ella, no tanto por su ascendente y cercanía con Johnny (de lo que hubiera podido beneficiarse, en caso de mantener una buena relación), sino porque la hacía sentir constantemente que no le concedía a ella la superioridad social que, de manera tan evidente, le reconocía a Norma Esquivel. Por ello su trato era cordialmente tenso, plagado de acertijos e insinuaciones que nadie, salvo ellos mismos (y de manera excepcional Jaime), percibía. Y es que, a los ojos de Luis, Sonia era un reflejo intolerablemente fiel de sí mismo.

Estos sentimientos, este mundo de afinidades y antipatías, de rechazos e identificaciones, se desarrollaban y crecían al calor de los encuentros ya nunca más casuales en el salón de patines o a la salida de la iglesia del Perpetuo Socorro; de las caminatas nocturnas por las calles bien asfaltadas y alumbradas de Sabana Norte; de los primeros bailes, los primeros noviazgos y las primeras borracheras; de las conversaciones interminables y reiterativas sobre carros, sobre motos, sobre aviones y películas; de los juegos de mesa o de naipes en el rellano de una casa siempre parecida; de los partidos de fútbol, de básquet o de voleibol en la áspera calle o en el césped bien cuidado de la quinta de los Esquivel, y de los chapuzones en su piscina; de los cuentos, los recuentos, los dimes y diretes que iban y venían conforme a las muchachas se les llenaban los pechos, y a los muchachos, que los contaban impacientes, los vellos en el pubis les terminaban de crecer; de las canciones y los grupos musicales de moda, y los nuevos programas de televisión; de la muerte repentina de un abuelo o de la tía remota de algún vecino; de los exámenes parciales y trimestrales y finales, y de su horrible tiranía; de las vacaciones de medio período y de fin de año, que se encendían y apagaban marcando las únicas dos estaciones que de verdad existían.

4

No eran más que tres muchachos recién salidos de la secundaria acampando en una playa remota y provistos con varias botellas de ron. Tenían a su disposición una guitarra y casi tanta leña seca como alimentos enlatados, anchos días de sol y noches con luna, mareas plácidas y brisa marina, un *frisbee* y una «pulpería y cantina» cerca del sitio donde instalaron su tienda...

Inexorablemente aquello había de conducir a algunas borracheras salvajes con vomitadas esperpénticas, llantos y abrazos incluidos; a un par de fogatas nocturnas en las que cantaron canciones que sólo uno de ellos sabía de principio a fin; a algunas sesiones de chistes obscenos y luego de chistes sobre negros, para concluir de madrugada compartiendo su asombro por el cielo estrellado y frases hechas sobre la inmensidad, la nada, la vida y la muerte y el universo...

Había de conducir, necesariamente, a unos cuantos arroces recocinados y a espaguetis sin sal que se devoraron con entusiasmo; a una espalda achicharrada y a varias caminatas por las rocas donde terminaba la playa; a una decena de conversaciones (de varias horas cada una) sobre el tema electrizante de las muchachas; a infinidad de bromas despectivas, algunas violentas, con las que se hacían saber lo mucho que se apreciaban; a tres o cuatro discusiones agrias sobre la inequidad con que se llevaban las tareas del campamento, etc.

Ninguna de estas cosas faltó en aquel paseo.

Antes bien, Luis resultó un buen nadador (dominaba incluso el estilo mariposa), mientras que Johnny sólo sabía flotar de espaldas y defenderse con el infalible «nadadito de perro»; una noche, tumbado en la playa, Jaime juró haber visto dos satélites cruzando el cielo, pero los otros no creyeron que un satélite pudiera verse desde la tierra; otra mañana Jaime y Luis atraparon dos cangrejos grandes y morados, a los que luego dejaron libres, y Jaime conversó varias veces con el dueño de la pulpería, quien le contó que algunas noches se escuchaban lanchas rápidas navegando por ahí; cuando abría una lata de frijoles, Luis se hizo una fea cortada en un dedo. Y otras cosas como ésas.

La mañana del último día, Luis despertó temprano y salió a caminar por la playa. Se había alejado unos trescientos metros cuando encontró primero uno, enseguida otros tres paquetes cuidadosamente envueltos, abandonados sobre la arena. Eran bolsas plásticas blancas, selladas con cinta adhesiva, cada una de ellas mayor que una mano extendida. Las levantó una por una y constató que todas contenían la misma sustancia dura como una roca. Las arrojó lejos del vaivén de las olas con el propósito de examinar después su contenido, y prosiguió su caminata hacia la punta más lejana de la playa.

Contemplaba unos cangrejos grandes y rojizos que se escabullían entre la espuma y las rocas, cuando alzó su vista como al descuido y miró que Jaime salía de la tienda y caminaba en su dirección. Poco después tropezó con los paquetes, los examinó largo rato y echó a correr con ellos hacia el campamento.

Ya Jaime entra en la tienda, agitado y gritando, y ya Johnny, que aún dormitaba, se despierta azorado, preguntándole el porqué de tanto escándalo. Ya Jaime le muestra uno de los paquetes y le dice a bocajarro que encontró eso en la playa y que cree que es cocaína. Ya Johnny lo mira asombrado. Por un momento teme que todo sea una tomadura de pelo, Jaime y Luis burlándose de él antes de regresar a San José, pero los ojos de Jaime le revelan que no es así, nunca supo mentir y daba risa cuando actuó en una obra de teatro en el colegio, es pésimo actor.

Johnny toma uno de los paquetes, desgarra la envoltura y acaricia el contenido con sus dedos. Granos invisibles, destellos apenas, se prenden de su piel y él los lame. No es un sabor conocido pero nada sucede. Toma el paquete en sus manos y lo examina con cuidado, con la atención del médico que espera, aspira a ser un día no muy lejano. Lo sopesa con mirada crítica, se arrodilla para observarlo mejor. Es casi el futuro médico quien alza la vista y le pregunta a Jaime dónde lo encontró. Luego de escuchar la respuesta, ambos salen a la playa, donde se dan de bruces con Luis, que ya regresa de la punta.

«¿Qué pasó?», pregunta Luis, viendo sus caras tensas, alarmadas. «Dice Jaime que es cocaína», y señala el paquete. «Y vos, ¿qué pensás?» «No sé. ¿Habrá más?» «No sé...», dice Luis. «Puede ser, vamos a buscar...»

Sin que apenas se hayan puesto de acuerdo, los tres muchachos están buscando en la playa. Primero lo hacen en las cercanías del sitio original, pero pronto se alejan de ahí, hacia las rocas, hacia la punta, hacia el bosquecillo cercano. Finalmente, en la dirección contraria, hasta cubrir buena parte de la playa. Mientras buscan, un pie de Luis se enreda en el trasmallo que uno de los pescadores del pueblo extendió cerca de ahí, entre dos árboles, acaso para repararlo.

Ansioso, Luis maldice y desespera, y mientras trata de librarse, su mirada tropieza brevemente con la imagen de unos caricacos o cangrejos ermitaños que, atraídos por los restos invisibles, quizás podridos, de algún pez que cayó previamente en la red, también han quedado atrapados entre los hilos, y dan tumbos y batallan tratando de librarse.

La imagen de los caricacos que cargan a cuestas su pesada concha como una cruz patética y deforme, y que con torpes movimientos oscilan entre los hilos del trasmallo para enredarse cada vez más en ellos, bajo la luz del sol indiferente, atrapa momentáneamente su atención, y por unos instantes Luis se olvida de todo –de la cocaína que sin saber muy bien por qué está buscando; de sus amigos que hacen lo mismo; del mar y la playa; y hasta de su propio pie, asimismo enredado entre los hilos–, como si esa imagen fugaz, inofensiva, fuera una metáfora (o, para Luis –poco versado en asuntos retóricos–, un signo, la señal de algo incompresible, quizás un augurio), como sucedía en los libros que él nunca leía, pero también en las películas de cine que pasaban por las noches en televisión, o en las que de vez en cuando iba a ver con sus amigos al Rex o al Metropolitan.

Pero su distracción, su fascinación con la imagen de los caricacos es muy breve, y agachándose para ayudarse con sus manos, Luis desembaraza su pie y continúa la búsqueda. Es más bien al terminar, cuando han recorrido casi toda la playa, que Johnny encuentra dos paquetes más, semienterrados en la arena y casi invisibles entre la espuma.

La cocaína está aún lejos de ser asunto casi trivial y cosa de todos los días. Si de drogas se trata, vivimos todavía en el reinado del *cannabis*, la marihuana o la motica, según se prefiera llamarla. Cierto que se trata ya de su infeliz ocaso, pues cualquier persona más o menos informada sabe que los decomisos de esa droga han aumentado en los últimos años, que el precio de la cocaína en el mercado nacional cayó escandalosamente, y que ambas cosas son resultado del trasiego masivo de esa sustancia hacia los Estados Unidos, donde la demanda no cesa de crecer.

Aunque ninguno la ha probado, la marihuana forma parte de su lenguaje habitual y aparece con frecuencia en sus bromas, en sus chistes y en sus conversaciones. A veces fanfarronean como si conocieran ésa y otras drogas, pero los tres saben que no es cierto, que sólo es una forma de coquetear con lo proscrito, lo oscuro y lo marginal. Algunos antiguos compañeros del colegio consumían drogas, pero nunca tuvieron relación con ellos. Sólo Luis ha visto desde lejos a algunos vecinos fumándose un purito. No son los judíos ni los libaneses ricos del Barrio Don Bosco, sino los muchachos del Barrio Las Ánimas, junto al Cementerio. A veces, en las noches, se agrupan bajo la luz gastada de las lámparas de alumbrado público; la brasa encendida del cigarrillo libera chispas fugaces, y del sitio de reunión se desprenden un olor penetrante y volátiles nubes de humo. Luis pasa a su lado en moto o a pie, y ellos no se inmutan.

Son, tal vez, las ocho de la mañana, tal vez un poco menos. En la pulpería y cantina cercana se advierte algún movimiento: el dueño levanta y sujeta del techo la gran compuerta vertical que anuncia que su negocio está abierto; la esposa del dueño apresura a sus hijos en el patio trasero para que se terminen de bañar: cubetas plásticas, palanganas, calzones amarillos y de vuelos la niña –tres años cuando mucho, panzona y mechuda, morena y de ojos negros–, desnudo completo el niño –tal vez cinco años, empapado y lustroso por el agua, taconea feliz contra el fango y resopla cuando la madre vierte sobre su cabeza una palangana de agua más–. Como el ramaje de un árbol o el zumbido de un vuelo, la casa está envuelta en el sonido de una radio, se escucha un noticiario confundido con el cacareo de las gallinas y con el ladrido de los perros.

Desde la distancia, Johnny y Luis y Jaime miran esto, y se preguntan si desde la casa los habrán visto a su vez, si corren algún peligro, si ellos tendrán algo que ver con los paquetes, y regresan a su campamento.

Los cinco paquetes sellados y el que ya fue abierto descansan sobre el piso de la tienda, entre la confusión de sábanas, maletines, ropa sucia y frazadas. Afuera, sentados en semicírculo sobre la arena, a la sombra de un gran almendro, los muchachos descansan de la búsqueda y se preguntan por primera vez qué harán.

¿Quién? sufre un acceso de pánico y sugiere lanzarlos nuevamente al mar: en el momento en que los *narcos* sepan que los encontraron ellos, los van a matar, es un hecho. ¿Quién? respalda la idea (respaldará en lo sucesivo casi todas las propuestas, según vayan surgiendo), y ¿quién? les recuerda que no entregar los paquetes a la policía los convertiría en cómplices o en algo peor. Tampoco saben si desde la pulpería alguien los vio recogerlos, lo que deben hacer es agarrar sus cosas ahora mismo e ir lo más rápidamente posible a la delegación policial más cercana. De entrada, la intervención de ¿quién? no suscita discusión y todos parecen de acuerdo. Se incorporan y dirigen a la tienda, y comienzan a levantar el campamento. Lo hacen todo deprisa, mientras el sol, en lo alto, asciende pausado y sin remedio. Es ¿quién? el que pregunta: «¿Y a dónde los ponemos?», refiriéndose a los paquetes y a cómo llevarlos. Y es ¿quién? el que sugiere que los repartan. Así lo hace ¿quién?, resoplando, empapado en sudor, deslizándose con agilidad de un extremo a otro dentro de la pequeña tienda.

Los maletines, ahítos, por fin son expulsados de la tienda de campaña, que no demora en desinflarse y desaparecer. Nada, salvo los troncos chamuscados y las plantas pisoteadas y algunas bolsas y latas de basura por aquí y por allá, además de colillas de cigarro y botellas vacías, delata el campamento. «¿Qué hacemos?», pregunta ¿quién?, «¿Jalamos ya?» Y ¿quién? responde: «¡Por supuesto! ¡Jaleas!». «Diay, sí, vamonós...» confirma y corrobora, aprehensivo, ¿quién?

Para tomar un autobús deben caminar cuarenta minutos bajo el sol, entre cerros sembrados de ganado blanco y cebú, hasta Playa Hermosa. Jícaros achaparrados se yerguen solitarios por aquí y por allá, a veces un árbol de mango o un limonero, vestigio de que alguna vez alguien habitó ahí. Ahora, sólo el sol, tan severo, señorea. Los muchachos se alejan deprisa, en hilera, por el camino polvoso. A veces alguno tropieza con un tronco traicionero y los otros apenas se voltean para ver. No ríen. No bromean. Piensan en su cargamento y nada más. Ni siquiera fantasean con el día en que todo esto será pasado remoto y lo evocarán como una aventura más.

Bajo el único árbol de guanacaste que encuentran, hacen una pausa para refrescarse y tomar aliento. Se desprenden de los maletines y se sientan sobre las raíces, sin mirarse ni cruzar palabra. De pronto pareciera que se arrepienten de lo que han hecho. Tal vez hubiera sido mejor no haber recogido los paquetes. Tal vez hubiera sido mejor nunca haberlos visto.

«¡Qué hijueputa!», se lamenta alguno. «Y ahora ¿qué hacemos?», monologa otro, un rato después. El tercero no dice nada. «Tal vez sería mejor llevarlos a San José», sugiere el segundo. Los dos restantes guardan silencio. Canturrean, en este intermedio, pericos y urracas, que comparten momentáneamente el frondoso ramaje del árbol. «¡Ni a putas! Si nos agarran en el camino estamos listos...», reacciona por fin el primero. Balanceándose en las ramas, las urracas se asoman para espiar a los forasteros. «Eso sí es cierto...», interviene, ahora sí, el tercero. El viento levanta un polvazal del camino y bate contra el ramaje, abriendo un agujero en el silencio espeso que se instaló entre ellos. Los pericos alzan vuelo, trazan un amplio semicírculo, y regresan al mismo lugar. «Entonces, ¿a dónde putas los vamos a llevar?» La pregunta queda dando vueltas como el pequeño remolino que bailotea en el camino. «Idiay, a Sardinal...», es el pueblo más cercano y la respuesta más obvia. La aporta el tercero. «O mejor a Liberia. Al menos sabemos que ahí no se los van a robar...», interviene el primero. «Sólo vos sabés... ¡Quién sabe cuánto vale esta mierda! En dos toques se la levantan...», razona, como si fuera lo más obvio, el segundo. En lo alto, los pericos con su griterío parecen estar de acuerdo. «¿Y según vos, en San José va a ser distinto?», pregunta, con toda la intención de resultar irónico, el primero. «Idiay, no sé. Pero al menos no se la ponemos tan fácil...» Un nuevo vendaval acompaña estas palabras, y durante unos momentos sólo se escucha el cascabeleo profundo de las hojas y las ramas en movimiento. «¿Y si los dejamos aquí?» La discusión amenaza con regresar al principio; eso explica la contundencia de las respuestas: «A la puta, ¡no empecemos!». «Sí, sí, ¡no jodás! Liberia o San José, me da lo mismo, pero eso ya lo habíamos decidido.» Así se cierra la discusión y ellos reemprenden el camino. Desde lo alto, las urracas los miran alejarse.

Cuando llegan a la parada, resulta que el autobús se fue cinco minutos atrás. Nuevamente afloran los reproches inútiles, del tipo *si no hubiéramos parado a descansar...* Ahora están ahí, en Playa Hermosa, frente al abastecedor La Maravilla. Son las diez y cinco y el siguiente autobús hacia Liberia no sale hasta las tres de la tarde. Ni modo, tienen que esperar. A menos, les informa el dueño del abastecedor, que caminen otros cuarenta minutos hasta la carretera a Sardinal y tomen ahí el autobús que viene de Playas del Coco y va directo a San José. *¿A qué horas pasa? Como a las once y diez. Per-*

fecto, tenemos tiempo de sobra. Deme una Coca Cola. A mí una Fanta colita. Y a mí una Ginger Ale.

¿Cómo podían los muchachos imaginarse que en la polvorienta Playa Hermosa el autobús sería ese día puntual? ¿Cómo podían saber que el conductor estaba impaciente, pues su novia, liberiana morena, dulce y delgada, llamada Emilia y quinceañera apenas, lo aguardaba en el mercado, junto a la terminal, trajeada con un hermoso vestido estampado y con la promesa secreta de que ese día se le entregaría por fin, y sería suya?

Eso lo explica todo.

Así está escrito y así sucedió.

5

No medió una discusión; no se insultaron, no se gritaron ni se dijeron ninguno de los pensamientos hirientes que, durante aquellos años, habían vislumbrado en algunos momentos. Sonia y Norma nunca lo entendieron y jamás los perdonaron; tan sólo constataron que, de un día a otro, ellos se apartaban por completo, dejaban de buscarlas y hasta se les rehusaban al teléfono. Desde luego, fue Sonia quien más lo sufrió. Sin la cercanía de Johnny, el proyecto de estudiar Ingeniería se reveló como un disparate, no resistió siquiera la prueba de un semestre. Mientras cursaba Estudios Generales en la universidad, Sonia buscaba la figura inconfundible de Johnny, la silueta de su guitarra *Lorena* o de sus piernas corvetas, entre los miles de muchachos que deambulaban por los pasillos del campus. Aceptar que ninguno era él, que Johnny no sería el médico que habían soñado juntos, aceptar que lo había perdido y que (tal vez) no lo vería nunca más, estaba más allá de sus fuerzas.

Por cuarta o quinta vez se presentó en casa de Johnny una noche de ésas, ventosa y despejada, y preguntó por él. Cuando él supo quién lo buscaba, no quiso salir del cuarto. Ni su madre logró convencerlo. Así fracasó el último intento de Sonia de obtener una explicación. Al día siguiente ni siquiera se levantó para ir a la universidad: se dejó caer en el agujero de su desconsuelo; de un oscuro y antiguo desprecio incubado en su pecho, cuyo único objeto era ella misma.

Luis escondió sus paquetes en el cielo raso de su habitación. Ahí los conservó, sin siquiera mirarlos, durante varias semanas. En ningún momento, sin embargo, dejó de pensar en el asunto ni de buscar información acerca de lo que podía hacer con ellos. En su vida diaria todo parecía normal. Su padre estaba agradecido por su repentina decisión de renunciar a la universidad para asumir el sitio que le correspondía en el taller, y lo recompensó con generosidad contratándolo por un salario que nadie más habría pagado por tales responsabilidades. Sin embargo, lejos de mostrar gratitud o entusiasmo, Luis andaba «despistado y como en la luna», en palabras del padre. La madre, siempre dispuesta a disculpar al muchacho, no dudó en atribuir su conducta al viraje que implicaba para su vida tal decisión, y recomendó tomar las cosas con calma y darle tiempo para que se asentara en el puesto. «Pero ¿no ves que es sólo un muchacho…?», le decía a su marido. Y él, predecible, replicaba: «Claro, pero a su edad yo…», y empezaba la enumeración de sus sacrificios durante la etapa heroica, cuando el taller no era más que una fantasía alimentada durante sus jornadas de trabajo nocturno.

Las preocupaciones de Luis estaban muy lejos del taller. Un par de veces despertó en plena madrugada presa de un ataque de angustia. De puntillas sobre su cama, corrió el plafón del cielo raso y hurgó dentro del escondite donde apenas unos años antes ocultaba las revistas pornográficas de la vista de su madre, y no fue hasta comprobar, mediante una caricia apresurada, que los paquetes continuaban en su sitio, cuando algo parecido a la calma regresó a su ánimo.

Violentando lo que habían acordado, una noche Jaime le telefoneó. No hizo ninguna alusión al asunto y se limitó a preguntar cómo estaba, qué había hecho en esos días y otras cosas por el estilo (esforzándose, eso sí, por desentrañar de aquellas trivialidades algo que le revelara lo que Luis había hecho o planeaba hacer con la cocaína). Los padres de Luis estaban cerca y él tuvo que contener la furia que lo invadió; se esforzó para que la conversación resultara lo más normal posible, y cuando colgaron, incluso la pregunta inocente de su madre: «¿Y cómo está Jaime...?», le pareció llena de suspicacia y de resonancias terribles.

La noche siguiente fue a casa Jaime. Apenas él asomó a la puerta y lo descubrió, empezó a tomar forma en su rostro una expresión de sorpresa y alegría; pero sin darle tiempo a completarla, Luis lo cortó con brusquedad: «No me llamés a la casa; eso fue lo que dijimos, ¿verdad? No seás güevón, o vas a arrepentirte...». Dio media vuelta y dejó al otro con la mano extendida y la boca abierta. Trepó a la moto, la encendió y, mientras se alejaba, echó un último vistazo atrás: Jaime seguía inmóvil en el quicio de la puerta, iluminado de espaldas por la luz de la sala.

Johnny nunca dudó de que cualquier noche caminaría hasta el puente de Calle Morenos y, sin ceremonia ni remordimientos (e incluso un poco asqueado, horrorizado por haber estado en contacto con ellos durante ese tiempo), lanzaría sus paquetes a las aguas pestilentes del río María Aguilar. Sería ése el fin de un extraño episodio de su vida. Todas sus preocupaciones iniciales giraban en torno a la suerte de sus compañeros.

Por la forma como resolvieron el asunto y los términos de la discusión final, cabía esperar cualquier cosa de ellos. En algún momento concibió la idea de pedirle consejo al padre Javier, pero comprendió que hacerlo sería exponerlos a un riesgo todavía mayor. Sólo cabía, pues, esperar y rezar por ellos.

Ni siquiera se molestó en ocultar demasiado los paquetes; los guardó en los bolsillos de una vieja chaqueta impermeable, hedionda a moho y humedad, que colgaba en el armario del cuarto. Pero conforme pasaban los días sin recibir noticias ni señales de sus compañeros, creció su desasosiego. Faltaban todavía casi dos meses para que diera inicio el curso lectivo en la universidad, y esperaba con impaciencia el resultado de su examen de admisión.

En caso de no ser admitido en la Facultad de Medicina, había escogido como segunda opción la carrera de Química y, puesto que era necesario señalar una tercera posibilidad, no le quedó más remedio que anotarse en Biología. Confusamente se arremolinaban en su cabeza estos tres caminos posibles, y desesperaba por saber por cuál de ellos transitaría su vida.

Sabía que no podría ver a Sonia ni a Norma sin que adivinaran que algo grave sucedía. Por eso rehusó verlas al principio; luego la insistencia de Sonia empezó a resultarle molesta. En cuanto a Norma, le pesaba en su conciencia el hecho de conservar consigo los paquetes, por no mencionar el pacto de complicidad y silencio que selló con sus amigos. Se conocía lo suficiente para saber que no soportaría verla cara a cara, no digamos ya una confrontación con ella. Sabía también, aunque hacía lo posible por obviarlo, que se reprocharía siempre lo que estaba haciendo. Pero no había tenido opción. ¿O sí? Ese tipo de consideraciones y preguntas eran las que Johnny se hacía continuamente, atormentándose hasta perder el sueño y el apetito.

Jaime fue la primera víctima, o al menos el más visible perdedor. Privado de la compañía de Luis, se sintió de inmediato a la deriva. Regresó a las calles tranquilas de Barrio México en busca de viejas amistades, pero los que aún andaban por ahí le reprochaban los años de abandono y le hacían sentir que no tenía lugar entre ellos.

Luego de probar la cocaína con sus amigos, aquella única vez, en casa de Luis, Jaime comprendió que para él era un peligro. Esa euforia, el bienestar que irradiaba desde su interior infundiéndole energía, confianza y determinación, eran demasiado agradables para olvidarlos con facilidad. Había escondido sus paquetes en lo alto de su guardarropa, entre las cajas donde su madre empacaba los adornos navideños. Cada vez que revisaba el sitio para comprobar que seguían ahí, lo embestía el recuerdo de aquellas sensaciones.

Había apoyado a Luis en su propósito de conservar los paquetes sin imaginar que, en vez de unirlos, esa decisión los separaría para siempre. Tal sospecha, tal presentimiento, no hacía más que avivarle la ansiedad, y esto lo llevaba a evocar más y más aquella delicia apenas paladeada. Sólo el básquet conseguía sosegarlo por momentos, no siempre.

Una noche, en vez de seguir de largo y contemplar por el espejo retrovisor los saltos de las chispas que se desprendían de los cigarrillos de marihuana, Luis detuvo su moto bajo la lámpara donde los muchachos de Las Ánimas se reunían a fumar. Aunque lo habían visto por ahí otras veces, se crisparon y lo recibieron con desconfianza. Nervioso, Luis sonrió parpadeando. Le preguntaron si quería comprar algo y él respondió que no. Hubo un silencio dilatado y confuso. El único cigarrillo encendido en ese momento cambió de manos. Por fin, como pudo, Luis les hizo saber que en vez de a comprar, venía a ofrecerles algo.

Jaime fue en la tarde. Había estado jugando básquet sin conseguir ahuyentar de su ánimo la sensación de que, aunque saltara hasta tocar el aro, se hundía en el fango.

Fueron dos o tres horas bajo un sol dudoso tras las nubes. El tiempo estaba pensativo, y ahora asomaba el sol, ahora se oscurecía y caía una llovizna leve. Jaime falló lances que nunca hubiese creído. Jugaba agrio y desconcentrado, con el ceño fruncido. Renunció al juego y se ensimismó en su cuarto. Tendido de espaldas en su cama, vio, del otro lado de la ventana, una grieta de cielo asombrosamente azul, que resplandecía entre las nubes cansadas. Como si fuese una indicación o la señal esperada, rebuscó entre los adornos navideños, sacó uno de los paquetes guardados, raspó con una cucharilla el contenido y, antes de inhalarlo, lo contempló deslumbrado por la pureza de su color blanco. Luego fue directo hacia la ventana para comprobar que el azul llameante del cielo no se había perdido. Recuperó la pelota de las tinieblas bajo su cama, y regresó, dueño de la tarde, a la cancha de basquetbol.

Para Johnny todo empezó como un momento de inspiración, cuando uno de los drogadictos más conspicuos del barrio, conocido como *Canillera* pero llamado Mario, se le acercó para pedirle dinero, *cualquier cosita, pito*, y sincerándose con él a pesar de ser casi desconocidos, reconoció que *andaba feo* y que necesitaba *meterse algo* rápido, pues se sentía muy mal. Un ángel, supuso Johnny, le inspiró la idea de regalarle uno de los paquetes que guardaba en los bolsillos del impermeable enmohecido. Cuando Canillera recibió el paquete se cuidó mucho de expresar sorpresa o asombro, no fuera a ser que Johnny sospechara el valor de lo que le estaba entregando y cambiara de opinión. Pero no fue así. Se despidieron con un apretón de manos, y Canillera se alejó convencido de que ése era su golpe de suerte.

Tan solo un día después la policía lo capturó mientras vendía unos gramos, y aunque ya no le quedaba sino una parte del regalo, era bastante droga para justificar un aparatoso operativo y merecer un titular en los diarios. Los policías se ensañaron con él lo suficiente para obligarlo a confesar dónde la había obtenido, y ahí están cinco carros de policía, a primera hora de la mañana, cayendo como buitres frente a la casa de Johnny; aquí tienen a su casi anciana madre que abre la puerta, *¿sí, señores?*, y a los hombres que la empujan e irrumpen dentro de la sala; aquí tienen al padre de Johnny que pregunta *¿qué sucede?*, mientras piensa confundido: debe de haber un error, y a los policías que lo hacen a un lado de un empujón. Y ya entran los perros flacos y adictos y olfatean ansiosos por todas partes.

Durante aquellos meses, Sonia se dejó envolver por una sustancia invisible pero oscura, que la cubrió como si se tratara de un capullo. Era el odio o la decepción, la rabia o la amargura. Se desvelaba durante las madrugadas, atenta al sonido del viento contra las latas de zinc del techo y al titilante quejido de los grillos en el vecino jardín. Cubierta con una cobija hasta la barbilla, permanecía con los ojos abiertos, respirando con cierta dificultad. Sentía el dulce abrazo de aquel veneno, pero no pensaba en morir ni en nada parecido, sólo se entregaba íntegra y se dejaba succionar hacia lo oscuro.

Ahora, mientras cae y se desmiembra, se pregunta qué fue lo que hizo mal, en qué falló. Se pregunta también si todo fue un engaño, si Johnny la utilizó. (Pero ¿para qué?, se corrige entonces, y recuerda con rabia que jamás la besó, y piensa con amargura en el secreto de su flor intacta.) Y así, anudando y retorciendo sus pensamientos, se le pasan a Sonia las horas, mientras la madrugada vuela sin rumbo sobre el techo.

Ni uno solo de aquellos días, dejó Norma Esquivel de despertarse a la seis, como lo hacía siempre, ni dejó de ir a La Sabana a correr con doña Beatriz, como venía haciéndolo desde unos meses atrás. Aunque apenada por una ruptura tan intempestiva como inexplicable, su vida siguió lo que podríamos llamar su curso habitual, mientras se preparaba para ingresar a la universidad. Salía a menudo con amigos y amigas, iba los fines de semana a la quinta en La Garita, sostenía largas conversaciones telefónicas sobre temas de dudosa definición, iba a los cines, comía helados, jugaba cartas o ping-pong, escuchaba música, ojeaba los horóscopos de las revistas femeninas, leía de vez en cuando una novela romántica, veía habitualmente tres o cuatro teleseries, iba a misa, iba a discotecas, iba de compras, salía a caminar por las calles del vecindario, respiraba la promesa de libertad que se anunciaba para los años venideros.

Pragmática y apegada a la tierra, intentó, en vano, encontrar una explicación, pero una vez que aceptó que era imposible hacerlo, pasó la página, se resignó y decidió seguir adelante. Tenía el futuro. El futuro le pertenecía. No se podía detener para lamentar lo absurdo o inexplicable de la conducta de otros, aunque hubiesen sido sus amigos. Había que seguir adelante como diera lugar, su vida apenas empezaba.

6

No les tomó mucho tiempo hacerse inseparables, fue cosa de meses. Su amistad desbordó rápidamente los límites iniciales del salón de patines, para extenderse primero a las calles de Sabana Norte, luego a los bailes colegiales y a los paseos multitudinarios a la quinta de los Esquivel, luego a los cines, a las heladerías y a los campeonatos intercolegiales de básquet, donde Jaime ya se destacaba como uno de los jugadores más rápidos y eficaces.

A pesar de que en algunas películas los muchachos de su edad hacían cosas como ésas, ellos no celebraron una ceremonia secreta como un pacto de sangre ni un juramento de amistad eterna, pues de manera instintiva les resultaba cursi y teatral. No obstante, si alguien se lo hubiese preguntado en ese momento, ninguno habría dudado en responder que seguirían siendo amigos el resto de sus vidas.

Aunque estudiaban en distintos colegios, con frecuencia se reunían para repasar materia o prepararse para los exámenes. Como un remolino que se expande, la amistad incluyó después incursiones furtivas al centro de la ciudad y caminatas ávidas por La Sabana y la Avenida Central, para fecundar, finalmente, sus aspiraciones, sus fantasías y sus sueños.

La amistad con Norma fue decisiva para que Johnny alimentara su deseo de convertirse en médico. Desde luego había pensado antes en ello, pero conocerla significó una confirmación y le dio el impulso que necesitaba para escoger ese camino. El que Norma hubiese declarado desde el primer momento que estudiaría Ingeniería, como su padre lo había hecho, no lo sorprendió, pues también ése podía ser un instrumento al servicio de los demás... Y si Luis Redondo contempló durante algún tiempo la posibilidad de ir a la universidad, fue precisamente porque junto a Norma le parecía estrecho seguir tan sólo los pasos de su padre y hacerse cargo del taller. Sonia Salas, por su parte, nunca había considerado convertirse en profesional, pensaba a lo sumo cursar estudios prácticos sobre decoración, cocina y bordado. Se imaginaba como esposa fiel, devotamente dedicada a su marido y a sus hijos. Cuando descubrió que se había enamorado de Johnny, comprendió que no sería suficiente, pues de las conversaciones que sostenían se desprendía que él quería a su lado a una mujer independiente, a una profesional. Un tanto confundida, pensó que la admiración de Johnny era por la Ingeniería, y sin pensarlo mucho, fue imponiéndose la idea de estudiar eso.

Sólo Jaime se mantenía ajeno a estas tribulaciones, convencido de que lo suyo era el baloncesto. Visualizar el futuro le resultaba imposible, sólo quería concentrarse en la cesta y anotar. Cuando no le quedaba más remedio que plantearse el asunto –por presión de su padre, y a veces también de sus amigos–, lo único que se le ocurría decir es que estudiaría educación física pero sería basquetbolista profesional, y que cada cual les diera la importancia que quisiera a los dos términos de la ecuación, él sabía de sobra qué era lo que contaba y en dónde se jugaría la vida.

En el curso de aquellos años también enfrentaron momentos difíciles. Sobraron ocasiones en que Sonia, desanimada, decidió desistir de aquel amor sin esperanzas. Lo hacía con odio y con rabia hacia Johnny, y con una especie inconfesable de envidia, de repulsa, hacia Norma, que jamás encontraba expresión y que antes bien volcaba contra ella misma, comiendo desaforadamente, por ejemplo, para engordar y afearse, o lo que sea lo contrario de embellecer. «Si soy fea, más fea seré», se parecía decir durante aquellas madrugadas, en que tumbada en su cama, con los ojos abiertos, escuchaba la respiración de su hermana, el chillido de los grillos y los latigazos de sus pensamientos.

Norma y Johnny la rescataban de aquellas crisis. Pasaban a buscarla, la invitaban a salir, le tendían puentes. Y ella, lentamente, reaccionaba, jurándose, eso sí, que había aprendido la lección y que no cometería el error de alimentar nuevas esperanzas con él. Pero sucumbía a su encanto, y tarde o temprano encontraba motivos para creer que al fin se fijaba en ella. Así volvía todo a aquella especie de equilibrio inestable, de incesante movimiento interior en el que se mantenía siempre.

Luis, Johnny y Jaime no experimentaban ningún tipo de conflicto entre su propio antiguo mundo –su colegio, sus respectivos barrios, sus familiares y amigos–, y el que construían en compañía de Sonia Salas y de Norma Esquivel. Su ambición de futuro era tan grande, y tan ilimitadas y abiertas las perspectivas que imaginaban ante sí, que no había en ellos sitio para el pasado y su lastre.

A veces el pasado regresaba con un zarpazo para recordarles que estaba ahí, como cuando el padre de Jaime se emborrachaba, y desde su oscura turbulencia, desde su turbia pesadez de alcohólico recaído, tropezaba contra las paredes y blasfemaba y escupía, ante la mirada impotente y temerosa de la madre de Jaime y el desprecio avergonzado de sus hijos.

A veces sucedía también que el pasado –aquello que nunca más debía volver– regresaba investido con un rostro luminoso, como le sucedía a Johnny durante las fiestas con los primos. Entonces vivía aquellos encuentros –una vez al año, por lo general en Navidad–, con una especie de nostalgia dichosa por algo ya perdido, a lo que nunca más podría pertenecer.

Para Luis era distinto, pues el pasado nunca existió: toda su vida, incluyendo la vida de sus padres, era una huida de él. Para ellos sólo la inmensa llanura del presente existía, y el futuro no podía ser otra cosa que su prolongación, una versión ampliada y superada por un efecto acumulativo.

El pasado de mecánico pobre del padre de Luis, el pasado de campesino desterrado de su abuelo materno eran sólo un mal sueño, algo que nunca más debía regresar, y cuyos últimos vestigios los padres se esforzaban con éxito en borrar de sus hijos.

Los tres ejercían una suerte de doble ciudadanía en Sabana Norte y en sus respectivos barrios, a los que nunca renunciaron por completo. Con el paso de los años se los veía cada vez menos en Calle Morenos, Barrio México y Don Bosco, pero cuando había una actividad especial o sucedía algo extraordinario se enteraban de alguna forma y se las arreglaban para estar ahí. En todo caso, las barras de muchachos de esos barrios se iban despoblando, conforme sus miembros asumían los desafíos que les proponía la vida. Y así, las viejas amistades languidecían de manera casi inadvertida, sin que nadie se detuviera para enterrarlas, para lamentarse ni para regresar.

Antes de ser admitidos plenamente en las casas pulcras y luminosas de Sabana Norte, algunos padres de familia hicieron las averiguaciones del caso para asegurarse de que Luis, Johnny y Jaime no eran drogadictos ni pervertidos, pero superada esa prueba no objetaron la relación con sus hijos. Tampoco les pareció inapropiado que los Esquivel los invitaran a su quinta en La Garita, y siguiendo su ejemplo, aprobaron que sus hijos los convidaran de vez en cuando al Country y a otros clubes exclusivos, donde ellos jamás dejaron de sentirse incómodos y fuera de lugar.

Aunque Sonia y Norma estuvieron sólo unas pocas veces en casa de ellos (por lo general deprisa, apenas el tiempo necesario para que recogieran algo), conocieron a sus padres y hermanos y tenían elementos para saber quiénes eran y de dónde venían sus amigos.

La tarde en que por fin entró en la casa de Johnny Fuentes, Sonia se sintió a gusto. No le resultó extraña ni estrecha la sala de madera con viejos sillones de tela, ni los floreros de cerámica, ni las reproducciones baratas de cuadros famosos colgadas en las paredes, ni los libreros semivacíos donde se distinguían *La Biblia*, numerosas revistas viejas y algunos libros de lectura obligatoria en la secundaria. Era, en cierta forma, semejante a su propia casa, aunque sin duda más pequeña y de una época anterior. En cambio, en la casa de Luis todo le resultó pretencioso y de mal gusto.

Al igual que el resto de su familia, Sonia nunca se sintió totalmente cómoda en el ambiente dispendioso de la pujante clase media de su vecindario, pero ese malestar –tan antiguo, tan profundo, tan callado– nunca encontró expresión cabal ni palabras adecuadas. En casa de Johnny, Sonia descubrió que se hallaba más cerca de ese mundo modesto que del suyo de Sabana Norte. Sospechaba que todo era ahí más espontáneo y natural, y que conforme se ascendía en la escala social más rígidas se tornaban las convenciones, hasta convertirse en verdaderos estandartes y señas de identidad.

Sonia se identificaba con la clase media a la que pertenecía Johnny (su padre era empleado público de rango medio), pero en el código secreto de la seducción pretendía sacar provecho de una mejor posición social. Tal diferencia, impugnada siempre por Luis, fue la que llevó a Sonia a detestarlo de manera tan evidente y poco cordial.

Norma sobrevolaba el fangoso terreno de las diferencias sociales sin negarlas, aunque sin concederles mayor importancia. Las reconocía de manera casi involuntaria. Pero lejos de encontrar en ellas motivo para reafirmar algún tipo de superioridad, era capaz de sustraerse hacia una suerte de igualdad abstracta. No era, sin embargo, que el mundo estuviera bien, que las injusticias no existieran u otra negación de la realidad semejante. De ninguna manera: el mundo estaba al revés y había muchas cosas que cambiar. Pero a sus ojos las diferencias eran circunstanciales (casi podría decirse «accidentales»), y más allá de ellas existía una igualdad de base, una igualdad profunda, con mayor peso e infinitamente más importante.

Sin embargo, en el lenguaje de Norma figuraban a menudo expresiones como «polo», «maicero», «piso-e-tierra», «choyado» y tantas otras que, de manera despectiva, aluden a la diferencia social. Ella podía decir que «fulano es politítico», o bien burlarse de zutano porque «su tata es medio maicerillo...» (lo diría tratando de imitar el estereotipo del cantadito campesino).

Y es que Norma era también, o antes que nada, o al mismo tiempo, una muchachita de su época y de su clase: una chavalilla bien, una majecita rica, una quinceañera afortunada, una pipicilla, una fresa, una señorita. Norma era una muchacha de su época y de su clase, pero sin duda no todas las muchachas de su época y de su clase eran como ella. Norma jamás reclamaba un privilegio o una atención especial; jamás se pavoneaba, jamás se encumbraba, jamás se enfatuaba; era llana y terrenal, y siempre se la vería apoyando a Jaime en los partidos de básquet, respaldando a Johnny con su grupo musical, acogiendo a Luis y estimulando a Sonia en lo que estuviera a su alcance.

Por supuesto incubaba algunos temores; el más horrible era perder a sus amigos. Unos años atrás había sentido lo mismo acerca de su familia, pero en aquella etapa de su vida el fantasma se había desplazado hacia su grupo de amigos... Como casi todos los miedos, el suyo se originó en su niñez. En esa época su padre viajaba a menudo fuera de la ciudad para inspeccionar obras en construcción. A veces se ausentaba una semana completa, o telefoneaba para anunciar un viaje inesperado. A Norma la aterraba que un día no volviera. ¿Y qué sería de la familia sin él? ¿Qué sería de ella? Le daba pavor sólo pensarlo. Así surgió la idea de que la mejor, la única manera de asegurarse que no los abandonaría era desplegar toda la fuerza de su encanto, todo el poder de su amor sobre él. Así fue como Norma impidió que su padre se fuera un día. Así nació su convicción de que tenía una tarea que cumplir y que Dios la había dotado con los recursos para hacerlo.

7

A la altura de Sardinal el autobús venía bastante lleno y no consiguieron dónde sentarse los tres. Además, hubieron de entregar su equipaje al ayudante del conductor para que lo estibara en el compartimiento para carga. Durante todo el trayecto, los atormentó el temor de que alguien tomara por equivocación (o robara con premeditación) alguno de sus maletines. Cada vez que el autobús se detuvo, se los vio inquietos, en especial a Luis, atisbando por la ventanilla para asegurarse de que el ayudante no entregaba uno de sus maletines.

Durante el viaje, Jaime persiguió tenazmente el sueño, pero siempre rebotó en un sobresalto y se incorporó con el alma en vilo. Sólo las figuras adormiladas y bamboleantes de los otros pasajeros lo convencían de que no había sucedido nada, y lo regresaban al estado de duermevela en el que se mantuvo la mayor parte del recorrido.

Johnny parecía más tranquilo, pues confiaba en que, aun en el caso de que algo saliera mal y les encontraran los paquetes, podrían demostrar que los habían recogido con la única intención de llevarlos a San José para entregarlos a las autoridades. Adelantándose a una hipotética confrontación con la policía, ensayaba los argumentos con que demostrarían su inocencia. A veces el policía imaginario era comprensivo y entraba pronto en razón; otras veces era malvado y se ensañaba con ellos, hasta arrancarles una ridícula confesión en la que resultaban traficantes y asesinos. Entonces Johnny abría los ojos, parpadeaba para espantar aquellas visiones y recomenzaba su fantasía hasta que el asunto concluyera como él deseaba.

Luis venía sentado en un asiento del lado derecho, como a mitad del autobús. Viajaba con la cabeza reclinada contra la ventana, pero a veces se apartaba para mirar las manchas que la grasa y el sudor de su frente estampaban en el vidrio. De pronto las veía tomar la forma de rostros conocidos, que le decían palabras terribles:

EL PADRE JAVIER

Siempre supe que mi trabajo contigo sería inútil y que terminarías echándote a perder. Siempre fuiste un bueno para nada y siempre lo serás. ¡Mira lo que has hecho con tu vida! Apuesto a que fuiste tú quien los convenció a ellos de hacer esto. Mira al pobrecillo de Torombolo, ya nunca será el basquetbolista que soñó llegar a ser. Y a Johnny, tan buen chico, míralo reducido a cenizas y escombros... ¡Además de tu propia desgracia tendrás que cargar en tu conciencia con la que llevaste a su vida! Lo peor de todo es que ya nada puede hacerse... Luis Redondo: ¡siempre supe que terminarías muy mal, y que sólo era cuestión de tiempo!

Luis espantaba las visiones reclinando una vez más la cabeza contra el vidrio, pero tarde o temprano se apartaba acicateado por la curiosidad, y las manchas comenzaban a transformarse en el rostro de Norma, y entonces Luis escuchaba su voz con nitidez, dirigiéndose a él aun antes de haber terminado de dibujarse en el vidrio.

NORMA

Puta, ¡qué mala nota, chavalo! ¡Qué super-super-decepción! ¿Cómo nos íbamos a imaginar que un día ibas a salir con una carajada así? ¡Jamás! Lo peor es que confiábamos en vos... La cagaste, huevón. Y ahora ya nada podés hacer. Me da mucha rabia y mucha cólera, porque es como si me lo hubieras hecho a mí... ¿Por qué no pensaste en nosotros? ¿Por qué no pensaste en los que te queríamos? ¡No, verdad! ¡Sólo pensaste en vos y en nadie más! Pues ahora, ¡salado! ¡Te jodiste, huevón! Porque te las vas a tener que arreglar solo...

Entonces volvía a apoyar su frente para ocultar las manchas e impedir que convocaran nuevos rostros. A veces revoloteaba en su cabeza una débil complacencia al escuchar estas voces, pero era muy fugaz y Luis se las ingeniaba para ignorarla. Otras veces se preguntaba de dónde venían y por qué motivo, si sólo llevaban los paquetes para entregarlos en la capital.

El autobús entró en San José pasada la media tarde. Tan pronto tuvieron en sus manos los maletines caminaron hacia una de las sodas cercanas a la terminal. Contaron el dinero que tenían y ordenaron café con leche y sánguches. No abordaron el asunto hasta después de sorber el primer trago humeante y haber arrancado el primer bocado a sus respectivos sánguches.

Jaime maldijo tener que llevar a esa hora los paquetes a la policía. Hubo un silencio inquieto y tenue como el humo de los cafés. Luis opinó que, además, debían averiguar bien dónde entregarlos, pues no se los iban a dar al primer tonto con el que trataran. Johnny dijo por supuesto que no, pero qué lata andar cargando esa vara y tener que llevarla a la choza. El silencio de los cafés dio un lento giro en el aire. Sí, eso también, coincidieron Jaime y Luis. La vara es qué hacemos, dónde la llevamos, se desesperó un poco Jaime. Ninguno respondió. Con entusiasmo, Johnny atacó lo que restaba de su sánguche. Ajá, reafirmó Luis. Yo les digo una vara, rompió lanzas, por fin, Jaime, para mí el arroz está así: entregarla hoy o mañana es la misma mierda, lo único que cambia es que mañana vamos a saber dónde tenemos que llevarla, y hoy no estamos en nada. Yo, concluyó, digo que lo mejor es aguantarnos, averiguar todo bien y salir de esto mañana. Además, deben de ser casi las cuatro, y a como son las carajadas en este país, de seguro ya todo está cerrado.

No estaban acostumbrados a tanta firmeza y decisión por parte de Jaime. En realidad, venía de pésimo humor por no haber dormido en el bus. Aunque los restos de café en los vasos hacía rato habían dejado de humear, el silencio fue esta vez más largo. Idiay, puede ser, concedió, por fin, Johnny. Por mí también, coincidió un Luis pensativo. Bebieron el último sorbo sin hablar, pagaron y salieron de la soda.

Caminaron en medio del gentío sintiéndose extraños. Aún Johnny disfrutó vagamente la sensación del peligro. Llegaron a la esquina donde debían separarse. Entonces qué, preguntó Johnny, mañana a qué hora y dónde. Idiay, no sé, respondió Luis, mejor nos hablamos temprano y ahí definimos. *Okey*, dijo Jaime. Pura vida, dijo Luis. Tuanis, Johnny dijo. Se dieron un apretón de manos y caminaron en distintas direcciones.

Cuando llegó a su casa, Johnny esquivó el bombardeo de preguntas de sus padres, que miraban el noticiario en la televisión y al mismo tiempo querían saber todo sobre el campamento. Se escurrió tan pronto pudo hacia su cuarto y, aprovechando que no había nadie cerca, desempacó rápidamente y escondió sus paquetes en las gavetas de su mesita de noche (fue después cuando pensó en los bolsillos del impermeable enmohecido).

Luis, por el contrario, tuvo tiempo de desempacar primero (su padre no había regresado del taller y su madre preparaba la cena en la cocina), y no fue hasta la noche cuando lo sometieron a toda clase de preguntas, especialmente su madre, siempre interesada hasta en los detalles más nimios.

Jaime, por su parte, apenas saludó a su hermana al entrar, se enrumbó directo a su cuarto y, sin desempacar ni cambiarse, se tumbó en la cama y quedó dormido. Fue hasta la mañana siguiente, mientras desayunaban en el comedor, cuando debió responder a las preguntas de sus padres y hermanos, que querían saber cómo estuvo el clima y lo que habían hecho y cómo les había ido. Después recordó que aún no había desempacado. Corrió a su cuarto y apenas pudo arrebatar el maletín de manos de su madre, que ya se disponía a lavar la ropa sucia.

Johnny pasó una noche inquieta y despertó muy de mañana, con la sensación de que una rata le mordía el vientre. Con los ojos todavía cerrados, respiró profundo sin que la sensación de angustia se disipara. Respiró varias veces y el cielo raso del cuarto emergió de la confusa maraña del sueño y ganó la forma habitual. Fue un alivio. Aunque las imágenes del sueño habían huido atropelladamente, dejaron en su boca el sabor pastoso de las noches extraviadas. No buscó en su recuerdo lo que había soñado, tenía suficientes indicios para suponer que era preferible olvidarlo. Permaneció suspendido, disfrutando de su lento reingreso al orden de la luz y el tiempo, donde todo era conocido y certero. Se miró de niño, en la playa, en un sitio donde las olas reventaban lejos y apenas alcanzaban a lamer sus pies. Entonces, los dedos de sus manos estaban completos. Se revolvió en las sábanas para espantar los pensamientos y se dejó arrullar por la tibieza que lo acogía con suavidad. El ajetreo en la cocina y en el comedor le llegaba desde muy lejos. A su manera, también le confirmaba que ya había regresado, que todo estaba en orden, que la rutina diaria seguía edificando su reino, y en todo halló una razón más para aferrarse a ellos.

Los mismos rostros que emergieron de las manchas en la ventana del bus, visitaron esa noche a Luis. Tal vez no duró más que unos minutos, pero él despertó con la sensación de haber escuchado voces toda la noche. Recordó que su padre le había hablado más o menos en los mismos términos en que lo hicieron los demás. Como agua que se escurriera velozmente de sus manos, consiguió retener estas palabras: «Hubiera sido mejor que fuera otro». Luis no supo si se refería a que él, su padre, hubiese preferido ser otra persona, o si más bien quería decir que Luis debió haber sido alguien distinto. De pronto esa duda parecía más importante que todo lo demás; aunque puso todo su empeño en aclararla, no lo consiguió. Luis supo también que durante la noche le hablaron el jefe de la policía, su madre y una tía que casi nunca veía. Despertó confundido, sintiendo que había sido sentenciado injustamente por un tribunal que ni siquiera le dio oportunidad de defenderse.

A media mañana hablaron por teléfono y acordaron encontrarse a las dos. Durante ese lapso debían averiguar cómo proceder, pero sólo Johnny se animó a llamar a la Sección de Narcóticos de la Policía Judicial. Reteniendo el aliento, escuchó los timbrazos al otro lado de la línea, pero tan pronto atendieron la llamada colgó sin haber dicho una palabra, horrorizado ante la posibilidad de que luego reconocieran su voz.

Cuando salía de su casa con los paquetes ocultos bajo el asiento de su Honda Enduro, Luis se preguntó fugazmente si empezaba a disfrutar de aquella situación. Habían quedado de verse en el Parque Nacional, en una mesa de cemento que utilizaron a menudo durante sus años de colegio, cuando se reunían para estudiar en la Biblioteca.

Dejó la pregunta en suspenso y se concentró en conducir. La visera del casco le cubría la cara, y gozó, ahora sí con claridad, de la sensación de incógnito, de ser indescifrable y en cierta forma oscuro, como nunca lo había sentido. Aceleró dejando atrás el humo de los autobuses ruinosos y los edificios chatos de la Avenida Diez.

La reunión fue breve y dejó en los tres un gusto amargo. Jaime y Luis admitieron que habían contado con que Johnny haría las averiguaciones del caso, y ahora que él les reclamaba que no hubiesen movido ni un dedo para averiguar algo, los tres se enfrascaban en una discusión sobre lo que cada uno suponía y esperaba de los demás; una discusión en la que afloraban viejos prejuicios y resentimientos, y en la que Johnny expresaba, en resumidas cuentas, su hartazgo por lo que consideraba dejadez de los otros, Luis se quejaba por tener que tomar siempre las decisiones y Jaime resentía que lo metieran en enredos con los que nada tenía que ver. Se despidieron sin haber llegado a nada concreto, ni aclarado al menos dónde y cuándo se volverían a ver.

Era viernes por la tarde y cualquier averiguación debía esperar hasta el lunes siguiente. La perspectiva de pasar aislados el fin de semana era desalentadora; una atmósfera de confusión y desasosiego se abatió sobre los muchachos.

Esa noche, Jaime telefoneó a Luis para decirle que pensaba entregar sus paquetes al día siguiente en la primera delegación policial que encontrara. Luis insistió en la importancia de mantenerse unidos hasta que pudieran «salir del enredo juntos», y con dificultad lo disuadió.

El sábado fue un día tranquilo y tuvieron tiempo para reflexionar. La sensación que había llevado a Luis a entender los potenciales peligros de la situación se adueñó de los demás, que de pronto temían haber aguardado demasiado tiempo y estar atrapados dentro de un callejón sin salida. Aunque no se buscaron ni hablaron por teléfono, el clima de hostilidad que surgió durante la discusión del día anterior se disipó en el ánimo de los tres.

Esa tarde, Johnny recibió la primera llamada de Sonia después del paseo. Sin mucho entusiasmo, él le relató generalidades y tonterías del campamento, y evadió la invitación para ir al cine con ella y con alguna gente del barrio (se refería, por supuesto, a Sabana Norte); en cambio, dieron por sobreentendido que se encontrarían al día siguiente en la iglesia del Perpetuo Socorro, para la misa de diez.

Johnny, sin embargo, no asistió, pues estaba, como los otros, aterrorizado, leyendo en *La Nación* la noticia sobre el cargamento de cocaína hallado por los habitantes de Culebra, un ínfimo caserío no muy lejano de playa Panamá. Se informaba que una lancha rápida repleta de cocaína había sido abandonada, unos días atrás, en una playa no muy distante de ese pueblo, al parecer por la avería de sus motores. De sus ocupantes no se tenía rastro, aunque la policía aseguraba que el arresto era cuestión de tiempo. Se estimaba que el valor del decomiso superaba los trescientos mil dólares. El reportaje incluía fotografías y entrevistas con algunos lugareños apresados por ocultar parte del cargamento, y con otros que denunciaron a la policía lo que estaba ocurriendo.

El padre de Jaime estaba familiarizado con la zona por su trabajo en el Ministerio de Educación, y reparó en la cercanía del sitio del hallazgo con playa Panamá. Mientras desayunaba, lanzó a su hijo un comentario sobre el asunto: «Y usted ¿qué habría hecho si se encuentra una carajada así?». No obstante, consintió que él respondiera un evasivo *quién sabe...*, y ni siquiera reparó en la palidez que lo poseyó.

Esa tarde volvieron a encontrarse. Esta vez lo hicieron en La Sabana, detrás de la estatua de León Cortés. Se alejaron por los senderos asfaltados del parque, entre los eucaliptos bajo los cuales familias obreras se entregaban a la modorra de media tarde y disfrutaban de la siesta tras el *pic-nic* dominical. Se sentaron sobre una mesa de madera carcomida por los insectos y ennegrecida por la humedad, muy lejos de las otras, donde nadie podía escucharlos. Johnny opinaba que aún era posible deshacerse de los paquetes lanzándolos a un río o a una cloaca, abandonándolos en un cafetal o en cualquier otro sitio. Luis consideraba que tal vez era así, pero les hacía ver que si alguien los descubría en ese instante estarían perdidos; Jaime insistía en que lo mejor era esperar al día siguiente y entregar los paquetes a la policía, como habían decidido al principio. Después de mucho discutir sin ponerse de acuerdo, y de constatar una vez más que algo amargo y espeso emergía entre ellos, optaron por esperar algunos días, mientras se aclaraban los nublados del día, las cosas se calmaban y ellos se tranquilizaban lo suficiente como para decidir, entonces sí, lo que debían hacer.

8

Esa mañana Johnny había salido muy temprano para comprar el pan del desayuno, y vio los carros de la policía frenar ruidosamente frente a su casa. Sus ocupantes, armados con metralletas y cubiertos con pasamontañas (como solo había visto en el cine y en la televisión), bajaron a toda prisa e irrumpieron como si se tratara de un cuartel enemigo. Doña Miriam, la mujer del panadero, todavía ojerosa y malhumorada (como solía despertar), miraba aquello convencida de que era una broma. Paralizado junto a ella, Johnny no sabía qué pensar. Sólo cuando distinguió dentro de uno de los carros la silueta inconfundible de Mario, mejor conocido como Canillera, comprendió que no se trataba de una broma ni de una equivocación. Supo que su vida estaba rota, arruinada y en peligro, y lanzó un alarido animal. Doña Miriam lo miró sin comprender, esforzándose por atar unos cabos que le resultaban todavía insuficientes. De manera instintiva, Johnny echó a correr, primero sin dirección y luego calle abajo, hacia el río, sin calcetines y con sus viejas zapatillas deportivas, una pantaloneta y una camiseta desteñidas, con la bolsa de pan fresco bajo el brazo.

Ninguno de los policías lo vio. Unos estaban ocupados interrogando a sus padres y hermanos, y otros atentos a los perros, que ya olfateaban el armario del cuarto y ladraban y se desesperaban ante los bolsillos del viejo impermeable amarillo, donde ahora los policías hallaban el paquete delator. El único policía que vigilaba a Canillera en el carro conversaba animadamente con él sobre los resultados del fútbol del domingo.

Johnny saltó la baranda del puente y se escabulló por los baldíos que bordean el río. Ahí corrió hasta que se agotaron sus fuerzas y se desplomó rendido. Durante largo rato, no hizo otra cosa que respirar. Sentía su pecho agitado y el sudor corriéndole por todo el cuerpo. No supo en qué momento se adormeció. Fue apenas una pausa, una grieta, un hiato en medio de su terror. Volvió en sí con el sonido del río. Aun así, había tenido un sueño en el que corría hasta un lugar remoto de su infancia, donde fue feliz. Era una finca que su tío Mauricio, hermano de su padre, cultivaba en las faldas del Volcán Irazú. Fue ahí donde años después perdió la falange de su dedo. En el sueño, se bañaba en el riachuelo de aguas luminosas y heladas que cruzaba la finca. Aquí escuchaba el ronquido del María Aguilar, sin terminar de acostumbrarse al hedor de sus aguas. Tenía sed. A su lado, las zompopas y unas hormigas negras, mucho más pequeñas, exploraban el pan que había quedado junto a él. Las espantó y le asestó un mordisco grande, que sin embargo no pudo tragar. Lo escupió con asco. El pasto alto y afilado había rayado su piel. Tanteó el ardor en su frente y comprobó que sangraba. Contempló las minúsculas gotas en su mano como si pertenecieran a un desconocido. Su cabeza estaba vacía, en su interior sólo había lugar para el miedo. Rabiosos perros lo mordían por dentro, destrozándolo todo. Rezó. O, más bien, trató de hacerlo. De pronto, no sabía cómo empezar el Padre Nuestro. Entonces se supo perdido y lo poseyó el pánico. Lloró amargamente, como un niño. Sin la oración que nos legó Jesús, no soy nadie, se dijo. Nadie era él; estaba paralizado. Lentamente –porque el tiempo era más grande que su miedo–, se fue tranquilizando, fue volviendo en sí y cayendo en la cuenta de su situación. Estaba solo y lo había perdido todo. A menos que. A menos que regresara a su casa y se entregara a la policía. Era su única opción. Eso o aceptar que estaba solo y que lo había perdido todo. No había más que eso. Era todo.

Se incorporó, recogió el pan y emprendió el regreso. Estaba muy lejos de casa. Había corrido río abajo, hacia la zona donde se terminaban de construir los últimos Hatillos. Conocía bien el sitio. Cerca de ahí, una pequeña represa de la Compañía Nacional de Fuerza y Luz, levantada en el punto donde el María Aguilar desemboca en el Tiribí, ensanchaba el río. Cerca de la represa había unas cuevas a donde iban cuando chiquillos a cazar murciélagos. Pensar en un lugar conocido lo tranquilizó. Entonces reconsideró su decisión. Tal vez, se dijo, no todo está perdido; lo importante es conservar la calma y no precipitarme otra vez. Giró en redondo y, en lugar de regresar, enfiló hacia las cuevas. Durante el trayecto, debió sentarse un par de veces, cuando el temblor en sus piernas le impidió caminar. Desde lejos, oculto entre los arbustos, atisbó a los trabajadores de la casa de máquinas. Los eludió sin dificultad, escabulléndose por los trillos trazados por los maleantes y los miserables que a menudo buscaban refugio en aquellos baldíos.

Durante los siguientes días, deambuló por la zona. A veces se aventuraba hasta las inmediaciones de Alajuelita, otras veces trepaba a los cerros de Escazú. Comió jocotes, mangos y guayabas de los potreros. Pasaba la noche en las cuevas o en construcciones abandonadas. Casi no habló con nadie. Imaginaba su retrato publicado en los diarios, con un «Se busca» inevitable como pie de fotografía, y que todos los cuerpos policiales del país andaban tras él. Ya había decidido que no se entregaría, aunque ignorara aún lo que iba a hacer. Sea lo que fuere, tendría que ser lejos de ahí. Una posibilidad era ir a Nicaragua. En medio de una revolución, debía de haber sitio para él. A veces se aferraba a la ilusión de que aún era posible aclararlo todo y demostrar que en ningún momento actuó de mala fe. Rápidamente entraba en razón y comprendía que era una esperanza ridícula, una insensatez. A menudo pensaba en llamar a Luis, a Sonia, a Norma, a su familia, pero no se decidía a hacerlo. Las monedas del vuelto del pan bailaban en los bolsillos de su pantaloneta. Reparó en su facha y comprendió por qué los niños le temían. Desarrapado y mugriento, parecía un loco o lo que era: un prófugo, un fugitivo. (Un par de veces, Johnny se cruzó en los potreros con grupos de chiquillos que cortaban frutas. Tan pronto se acercaba, ellos echaban a correr.) Por fin, al cuarto o quinto día, se atrevió a telefonear a su casa. Escuchó la voz de su padre pronunciar la frase ritual: «Casa de la familia Fuentes…», pero la encontró gastada y le pareció que hablaba desde muy lejos. Dejó pasar unos segundos antes de susurrar, con la voz en un hilo: «Papá, soy yo…». Mientras el silencio al otro lado de la línea se ensanchaba hasta convertirse en un río amenazante y oscuro, Johnny se precipitaba en un abismo. Finalmente, escuchó: «¡Cabrón! ¡Hijueputa! ¡Malnacido!». Y su padre estalló a llorar. Johnny no pudo decir nada porque enseguida colgaron. Quedó con el teléfono en la mano y el corazón desquiciado. Se sentó en el caño, junto al teléfono público, y no pudo atrapar un pensamiento. Sólo entonces supo que era cierto, que no había remedio, que todo estaba perdido.

Esa noche, cuando regresó a la cueva, Johnny la encontró ocupada. Eran dos hombres mucho mayores que él; habían encendido una pequeña hoguera que ardía muy mal. Johnny los miraba a través del humo, como en un sueño. Parecían muy perturbados con la inesperada compañía; uno de ellos sacó un cuchillo y se disponía a incorporarse cuando el otro lo detuvo. Johnny pensó que lo matarían. De pronto, el del cuchillo lo señaló y estalló en un carcajada. El otro también rompió a reír. Johnny bajó su vista y encontró sus piernas brillantes y lucias con el orín. Quiso llorar, pero antes de que el llanto se condensara en su pecho, se le transformó en una risa incontenible y nerviosa. La disfrutó apenas unos momentos, porque luego, sin solución de continuidad, el llanto que se le había escurrido de las manos volvió a tomar forma y estalló en su cara como una granada. Y así estuvo, riendo y llorando, llorando y riendo, hasta que todo se disolvió en el hipo y en un silencio oscuro como las brasas de la hoguera que languidecía. Y así fue como Johnny conoció a Terencio Ortiz, alias *Macho Chingo*, y a su eterno compañero de fechorías y aventuras, conocido simplemente como *El Cholo*. Con ellos fue que Johnny emprendió su larga, y sin duda exitosa carrera, en los escabrosos caminos del crimen.

Esa misma mañana, o más bien, la mañana del siguiente día, Jaime despertó antes de las ocho. Tal y como venía sucediéndole durante las últimas semanas, el primer pensamiento que cruzó por su cabeza fue buscar el paquete de cocaína y hacerse un par de líneas. En lugar de ceder a su deseo, fue directo al baño y orinó como si así pudiera desechar sus pensamientos. Luego, frente al espejo, se aplicó meticulosamente el jabón medicado contra las espinillas que le habían recetado días atrás. Andaba de excelente humor desde que había descubierto que la cocaína y el básquet se llevaban bien. Ni siquiera el rebrote violento del acné lo desanimó. La altura de sus saltos, la garra para marcar al oponente y la velocidad de sus desplazamientos se habían incrementado, aunque en los disparos de larga distancia tendía a desmejorar, pues lo cegaban una ansiedad, un desasosiego, un deseo desmesurado de encestar, que más bien lo hacía precipitarse. En todo caso, disfrutaba más que nunca del despliegue de su propio poder, y asistía, en una especie de desdoblamiento que lo llevaba a colocarse al mismo tiempo en el papel de espectador y en el de actor, a sus propios entrenamientos y partidos callejeros.

Desde que abandonó el equipo del colegio, al terminar el curso lectivo, se preparaba con la idea de solicitar su ingreso al de la Universidad de Costa Rica, uno de los mejores del país. Su antiguo entrenador había ofrecido ponerlo en contacto con el del otro equipo, y debía llamarlo pronto para juntos concertar una entrevista con él. Durante todos sus años en la secundaria había jugado con el número seis. Una de las condiciones que pondría, en caso de ser admitido, sería que le asignaran el mismo número. No era mucho pedir. No le importaba si lo consideraban un capricho; en todo caso, demostraría, con su juego explosivo y sacrificado, que tenía derecho a él.

Éstos eran los pensamientos que bailaban como una llama azul en la cabeza de Jaime. Surgían y se desvanecían, se avivaban y languidecían como azuzados por un viento inestable. En realidad –Jaime lo sabía muy bien–, había iniciado el cortejo, la oscura danza que lo llevaría, horas después, a raspar la dura roca de cocaína para extraer de ella el polvo que, inhalado con fruición, le permitía paladear la vida con una intensidad y una entrega que hasta entonces desconocía, y que ni siquiera sospechaba que pudieran existir.

Desde hacía unos días, salía de su casa a media mañana con un diminuto frasco de vidrio cargado hasta el tope de cocaína. Lo había encontrado en el botiquín de su casa, a medio vaciar de un líquido apestoso y espeso. Lanzó lo que restaba del contenido al lavatorio, lavó bien el frasco, y lo llenó de nuevo con aquello que le interesaba. Con el frasco oculto en la ropa, iba a jugar al parque, lo escondía al pie de un árbol, y aprovechaba los descansos para acercarse y darle un picotazo. En una de tantas lo sorprendieron. Alex, un vecino del barrio, barrigón y simpático, pero como jugador bastante malo, se le acercó en el momento justo en que inhalaba y le preguntó sin rodeos si lo invitaba. Por un momento Jaime no supo qué decir. Hasta entonces la cocaína había sido una actividad secreta y tan solitaria como la masturbación. Frente a él, Alex seguía aguardando. Por fin, Jaime le alargó el frasco. Sonrieron.

Ajeno a lo que sucedía a sus antiguos compañeros y amigos, durante aquellas semanas Luis siguió acudiendo al taller por las mañanas, donde hacía esfuerzos cada vez más desesperanzados por interesarse en la que se suponía sería su actividad principal durante el resto de su vida. En realidad sus inquietudes y pensamientos volaban muy lejos de ahí. Desde la primera noche en que detuvo su motocicleta para ofrecerles cocaína a los muchachos de Las Ánimas, continuó haciéndolo. No siempre podían comprarle, y cuando no lo hacían, a veces él se mostraba espléndido y los invitaba a unas rayas. Rara vez Luis los acompañaba; por lo general, prefería no consumir. La verdad es que le gustaba más el dinero que la cocaína. Uno de los muchachos quiso saber dónde la conseguía, y Luis no tuvo que revelarle la verdad para que él dijera que conocía gente importante que estaría encantada con un producto así. Se pusieron de acuerdo y, durante los primeros días, compartieron ganancias. Cuando Luis estuvo seguro de no necesitarlo, lo dejó de lado.

Lo llamaban por teléfono, y Luis debía llevar el pedido a las grandes mansiones en Rohrmoser, Lomas de Ayarco y Bello Horizonte. De entrada, los muchachos de ese círculo lo miraron con recelo y como a alguien decididamente inferior. «Un *dóctor* motorizado», escuchó una vez decir a alguien, refiriéndose a él, cuando se marchaba. Se trataba de los hijos de los dueños del país, de los herederos y futuros señores. Muchos estudiaban en la universidad, otros viajaban constantemente a los Estados Unidos, donde realizaban negocios de los que nunca le decían nada. Algunos más se ejercitaban desde temprano en el oficio de mandar y dirigir, y asumían las empresas de sus padres. En todo caso, siempre le daba la impresión de que lo importante para ellos era pasarla bien y divertirse. Ése era su arte. Luis estaba deslumbrado y un poco confundido. Junto a ellos, cualquier pretensión suya de igualdad resultaba ridícula. No obstante, estaba dispuesto a soportar ciertas humillaciones en pago de su derecho de entrada. A menudo lo llamaban en mitad de una fiesta, y él debía permanecer en la puerta, o apenas en el recibidor, mientras adentro los gritos, las risas y la música estallaban como fuegos artificiales. Bastaron unos meses, sin embargo, para que algunos muchachos comenzaran a admitirlo en el círculo, con desconfianza al principio, con curiosidad después, con alguna simpatía por fin. Por supuesto, la mayor parte de la cocaína de Luis se había vendido. Preocupado, miraba disminuir sus reservas, sin saber todavía cómo se las arreglaría para conseguir más.

Fue un muchacho de Rohrmoser llamado Antonio Montani, tan joven como él y sin embargo casi sin pelo (lo había perdido años atrás en una depresión, según supo después), quien una noche de tantas le confesó que tenía una excelente mercancía pero desconocía dónde ni cómo venderla. Se asociaron e hicieron amigos. Para entonces, el padre de Luis había comprendido que su hijo no daría la talla en el taller, y, amargado y resentido, lo miraba relacionarse con los muchachos de la alta sociedad de San José, a quienes despreciaba en su fuero más íntimo. No obstante, lo dejaba hacer, con la esperanza de que un día no muy lejano Luis descubriera su error, y comprendiera que más vale pájaro en mano que cien volando. Se equivocaba. Luis había decidido ya que por ningún motivo sería como su padre, un simple mecánico automotriz, dueño de su taller. Lo que ninguno de los dos imaginaba entonces es cuán lejos lo llevaría esta decisión.

Los meses que siguieron a la desaparición de Johnny fueron los más oscuros en la vida de Sonia. Ella nunca se enteró de lo que en realidad ocurrió, pues lejos de lo que Johnny supuso, su retrato nunca apareció en los diarios; ni siquiera hubo una noticia pequeña y deslucida que diera cuenta del operativo. Pronto fue evidente para Sonia el sinsentido de estudiar Ingeniería, puesto que no tenía interés en los números ni los cálculos, las fórmulas y los métodos con que atosigaban a los estudiantes desde el primer momento. Entonces se retiró de la universidad y se entregó gozosamente a la depresión que había mantenido a raya durante los últimos meses. Sucumbió, se hundió, se abandonó; la abrazó como se abraza uno, no a un tronco salvador, sino a la piedra que se precipita en el abismo y arrastra consigo lo que encuentra a su paso.

No era la primera vez que le sucedía, pero nunca había ido tan lejos, tan hondo, en el arte miserable de fornicar con la muerte y rumiar durante meses su canción, hecha con palabras inconexas y con silencios largos y sucios como los cabellos de un cadáver. Masticaba su desdicha haciendo con ella una pasta amarga, un líquido espeso que bebía a sorbitos, con paciencia asesina y rencor depurado. Se hundía en el vacío con rabia y placer, y se preguntaba a veces cuándo y dónde encontraría el fin. Pero el suicidio nunca estuvo entre sus cálculos, y prefería la muerte lenta y chiquita de la disolución en la nada. Sabía (o más bien sospechaba) que a algún sitio tendría que conducirla todo aquello, y que en algún momento tendría que acabar.

Fue casi dos años después cuando Sonia Salas emergió de las aguas negras de la depresión.

Dos años habían transcurrido y ellas apenas se había dado cuenta. El mundo estaba intacto, o al menos seguía ahí, y ella había estado ausente dos años completos. Si alguien le preguntaba dónde se había metido o qué diablos había hecho, Sonia no sabía qué responder.

La verdad es que lo ignoraba. Tenía la idea de haber visitado una región olvidada y oscura, que vista retrospectivamente no resultaba tan amenazante ni tan dolorosa como cuando estaba ahí, pero sí más irreal, imprecisa y difícil de describir. Se sentía como una niña que aprende a caminar. Todo era nuevo, pero también peligroso, atractivo y amenazante.

Sabía que tenía veinte años y que debía empezar su vida, pero ignoraba a dónde ir, y se sentía demasiado débil e insegura para lanzarse a la aventura o para explorar a su alrededor. Recurrió a sus recuerdos, a la memoria maltrecha de lo que había sido, y recordó que alguna vez soñó con aprender decoración, cocina china y otras cosas semejantes. Así, regresó a ese sueño que era anterior a Johnny, y se matriculó en una escuela especializada en oficios prácticos. Durante dos años, aprendió las cosas más inverosímiles: tejido de punto, bordado, floristería, jardinería tropical, envejecimiento de muebles, cerámica para principiantes, etiqueta y protocolo, repostería y otras cosas por el estilo. Después de sufrir su prolongada muerte, sus padres pagaban gustosos esos cursos sin pedir mucho a cambio. Lo importante era que respirara y se moviera, que alentara algún propósito o algún sueño. Durante ese tiempo, Sonia no trabó nuevas amistades. Su vida era pobre y restringida, pero estaba en pie y a flote. Giraba en torno a los estudios y a la familia, y cada tanto se ensanchaba un poco con las invitaciones de los vecinos de Sabana Norte, que nunca la abandonaron del todo.

Rara vez pensaba en Johnny, y sólo los encuentros ocasionales con Norma se lo recordaban a veces. Sin embargo, con el paso del tiempo ella comprendió que por ese camino nunca se alejaría del pasado, y supo que de alguna forma tendría que enfrentar sus recuerdos. Poco a poco, mientras aprendía a distinguir las bromelias y las heliconias, las orquídeas y palmeras que se utilizaban en la jardinería y la decoración, comenzó a darle forma a lo que debería ser su venganza y, a la vez, su redención definitiva. Pero no fue hasta después cuando se sintió preparada para emprenderla.

En el caso de Norma las cosas fueron muy diferentes. Al menos al principio, su vida siguió el curso que imaginó. Su padre le regaló un automóvil cuando cumplió dieciocho años y ella se matriculó en la carrera de Ingeniería Civil. Acostumbrada a ser una estudiante sobresaliente, descubrió con asombro que mantener esa condición en la universidad resultaba mucho más difícil de lo que había previsto. Aun así, lo hacía bien. Los estudios consumían la mayor parte de su tiempo y hubo de renunciar a viejos placeres –los fines de semana en La Garita, por ejemplo–; no obstante, la renovación general que experimentaba su vida le infundía las fuerzas necesarias. Encontró sin dificultad nuevos círculos de amistades que giraban alrededor de la vida universitaria, y sin dificultad también se hizo un lugar en ellos. Además de sus compañeros de estudios, entró en contacto con grupos de jóvenes cristianos y decidió dedicarle más tiempo al ping-pong, un deporte que había practicado bastante en el colegio. Los bares, las fiestas, las discotecas; todo el ambiente universitario supuso una ruptura y una ampliación radical de su mundo, que la llevó a considerar con cierta condescendencia su vida anterior en Sabana Norte.

Conoció a Jorge Miranda al iniciar su tercer año de estudios. Jorge iba dos años adelante, y se graduaría al finalizar el curso lectivo. Alto, de pelo castaño y rasgos afilados se movía nerviosamente y usaba largas patillas al estilo de los años setenta. Había algo anacrónico en él, incluso en su pasión por la ingeniería. Casi todos los compañeros de Norma cursaban la carrera por obligación, porque era lo que se esperaba de ellos, y porque era indispensable para –dicho en sus términos– *tener una profesión y ser alguien en la vida*; Jorge, en cambio, parecía de verdad interesado en lo que aprendía, fantaseaba con grandes proyectos y con obras que algún día podría realizar, y tenía menos interés que la mayoría de sus compañeros en los bares, la música de moda, las jugosas muchachas, los carros deportivos y el fútbol. Según supo Norma después, su familia poseía grandes fincas ganaderas en San Carlos, por lo que la elección de su carrera, lejos de complacerlos, había significado una decepción para ellos, que esperaban que él tomara en sus manos las riendas de las fincas y las llevara adelante, añadiendo un eslabón más a una tradición familiar que abarcaba ya cuatro generaciones.

Jorge descubrió primero que se había enamorado de ella, a Norma le tomó unos meses admitirlo. Salvo algunos idilios adolescentes y ciertos escarceos, más eróticos que amorosos, que vivió durante sus primeros años en la universidad, Norma se consideraba una principiante en lo relativo al amor. Sin embargo, todo fue rápido.

Al cuarto mes de noviazgo, Norma fue presentada a los padres de Jorge y éste a los de ella. Los muchachos se esforzaron para que todo pareciera casual, restándole importancia al acontecimiento, pero aun así ambos encuentros estuvieron cargados de ese ambiente tenso, de interrogatorio o indagatoria judicial, que suelen tener estos acontecimientos. Los dos superaron satisfactoriamente la prueba, y recibieron la aprobación de los potenciales suegros.

Al sexto mes, mencionaron por vez primera la posibilidad de casarse «cuando llegue el momento». «El momento» comenzó a tomar cuerpo en la forma de una fecha, todavía indefinida, del año siguiente a aquél en que Jorge y Norma se conocieron. Esto sucedió durante el octavo mes del noviazgo.

Jorge se graduó como ingeniero en noviembre. El mismo día de su graduación, pidió a Norma que se casaran en febrero del año siguiente. Aunque a Norma le pareció un tanto apresurado, quedó de pensarlo y de darle una respuesta en el término de una semana. Consultó con la almohada y con sus padres, y ambos le dieron el visto bueno.

El matrimonio se concertó oficialmente en medio de las fiestas navideñas. Los futuros consuegros se reunieron por primera vez en casa de los padres de Norma la noche del catorce de diciembre. Brindaron con un buen vino espumante y degustaron unos tamales de encargo. Aunque la combinación no fue la mejor todo salió bien. Por otra parte, aunque no se lo comentaron ni siquiera a sus respectivos maridos, ambas señoras se encontraron, mutuamente, «un poquito entraditas en carnes…».

Gracias a la mediación de un influyente tío de Norma, en enero del año siguiente Jorge fue contratado por una de las empresas constructoras más prestigiosas del país. Norma aprovechó las vacaciones universitarias para realizar todos los preparativos de la boda (que a la postre resultó un éxito). Durante esos meses, Norma se dedicó, además, a buscar la casa donde habrían de instalarse. Después de considerar numerosas opciones, se decidieron por una casa de alquiler, de una sola planta y cuatro habitaciones, entre los cipresales de San Ramón de Tres Ríos.

Para entonces, Johnny Fuentes, Luis Redondo y Jaime Coto pertenecían a una etapa de su pasado que le parecía muy remota; atrapada en el torbellino de cambios de los últimos años, carecía de tiempo –y de interés– para detenerse a pensar en todo lo que había dejado atrás.

9

Luego, cuando Johnny se enredó con organizaciones criminales cada vez más peligrosas, vivió algunos amores y tejió relaciones fugaces con mujeres siempre atractivas aunque desdichadas, pero de su antiguo anhelo de fundar una familia donde todo vibrara al unísono, como transido por Dios, no quedó nada.

De aquellas relaciones ninguna fue tan importante como los meses al lado de Lorena. Aquella flaca pelirroja –pelirroja teñida, claro está–, del mismo nombre que su guitarra juvenil, lo arrebató desde el inicio, cuando la conoció en una fiesta privada en una discoteca de Escazú. Solía vestir de blanco, con pantalones de mezclilla y chalecos que dejaban entrever la codiciada delicia de sus senos. Era todo lo contrario de lo que él había soñado –vulgar, desenfadada y gritona–, y sin embargo revolvía el aire a su alrededor con tanta fuerza que terminaba por dividir el espacio en dos y quedar en el centro, de donde emanaban los dardos de su risa, irreverente y casi siempre retorcida. Conocía todos los desencantos y había hecho del infierno un hogar donde las reglas estaban claras: la ley es mi ley, y lo que manda es mi capricho. No tenía ningún reparo en manipular a sus muchos amantes, haciendo que le rindieran pleitesía, que se rindieran a sus pies. Si premió a Johnny con algunos meses de intimidad casi exclusiva, fue porque nadie había mostrado tanta voluntad de someterse a sus designios y soportar las humillaciones como él. Algunas veces Johnny adivinó en sus ojos un asomo de conmiseración –era para ella la otra cara del amor–, y creyó que Lorena le pertenecería. Pero enseguida ella se arrepentía de aquellos arrebatos, y se reinstalaba en su trono de rabia y humillación. Desde ahí imponía la tiranía de su desprecio. Un día de tantos se aburrió de Johnny y lo hizo a un lado. Él sabía que era el precio pactado y aceptó, resignado, que lo mejor de su vida había quedado atrás.

Luis tampoco conoció la plenitud del amor, y si años después se casó con aquella mujer tímida y pálida, bastante enfermiza y varios años mayor, fue por conveniencia y descarado interés, pues era sobrina de un connotado abogado y político del partido de gobierno, cuyo apoyo consideró indispensable para sus propias aspiraciones políticas. La mujer tenía –eso sí– la virtud de un nombre bello y simple –se llamaba Ana Díaz–, y poseía, en opinión de Luis, la virtud invaluable de ser muy callada. Nunca la amó, y si con los años le dio dos hijos, fue para anudar sus apellidos con los de aquella familia, cuyo prestigio superaba en mucho su fortuna. Aun así, supo hacerla más infeliz de lo que ya era, pues las numerosas amantes de Luis fueron durante años la comidilla de los círculos empresariales y políticos. Ana lo soportó todo con resignación, como si desde el inicio hubiese sabido que así serían las cosas y hubiese renunciado incluso a su derecho a protestar. En otras palabras, a pesar de su nombre luminoso, Ana Díaz se había prohibido la felicidad, y expiaba con un sufrimiento digno y amargo el desamor que su padre, hermano del político, le había prodigado cuando niña.

En cierta forma Jaime tuvo más suerte, o depende de lo que se considere «amor», pues en lo más terrible de su adicción compartió colillas de cigarro, raptos con bazuco y encerronas con crack –además de cadenazos y persecuciones– con aquella especie de alma gemela que encontró, Lil, la mujer a quien mejor conoció y tuvo más cerca en toda su vida, aunque a ninguno de los dos se le hubiera ocurrido llamar amor a lo que los unía, pues éste sólo existía en las telenovelas de Canal 6. Poco importaban sus sentimientos y el que a veces se entrelazaran en un abrazo apretado y sexual; en realidad, nada importaba excepto que no les faltaran bazuco o crack para fumar. Lil, con cara de ratón, era una diestra masturbadora que por doscientos pesos les sobaba la guaba a los borrachos y chicheros de las cantinas de la Zona Roja, y por quinientos abría sus piernas en un lote baldío o en un cuartucho de hotel, para que una sombra anónima resoplara y vaciara sus babas, mientras ella hacía lo imposible para que el tipo acabara rápido y poder así disfrutar del remezón y el éxtasis que sólo la piedra le procuraba. La de ellos fue una amistad tan intensa que muchos náufragos en las playas de la oscura luna del crack la resintieron o envidiaron, y sólo terminó la mañana en que Lil apareció acuchillada en uno de los baldíos detrás de la antigua Penitenciaría Central.

10

Cuatro años después de haber salido del colegio, Sonia decidió estudiar Medicina. Fue su desquite, la única manera que encontró para entregarle a Johnny su vida y para restregarle su abandono de lo que un día soñaron. Repitió el examen de ingreso a la universidad y fue durante toda la carrera una estudiante ejemplar. La mayoría de los profesores le auguraron un futuro brillante. Ella también lo creyó así. Reservada pero amable, aplicada y cuidadosa cuando se trataba de ensayar con el bisturí o de enyesar un hueso roto, demostró tener un talento especial para el trato con los niños, y pensó, durante un tiempo, dedicarse a la pediatría. Hizo su internado en el Hospital de San Isidro de El General. Ahí se interesó en el tratamiento de un raro virus tropical, poco documentado en la literatura médica. Su hipótesis consistía en relacionar el virus con un serotipo bastante extendido en algunas zonas –especialmente en Canadá y en las Islas Azores–, mucho mejor documentado y con sus vectores y reservorios bien establecidos. Fue un sonado éxito, y su estudio, uno de los primeros estudios del país en ponerse en línea en Internet.

Cuando llegó el momento de definir su especialidad, descubrió que la demanda por la pediatría era demasiada, mientras que otras ramas de la profesión, no menos necesarias, padecían una grave escasez de aprendices. Reconsideró su decisión y se inscribió en medicina interna, una rama clásica y quizás el tronco de donde brotan las otras especialidades. A la larga, también ahí triunfó. A menudo, sus compañeras y compañeros la buscaban para repasar con ella antes de un examen. En el centro de ese remolino, sin desviarse ni un milímetro de su objetivo, Sonia miraba a su alrededor con el asombro feliz de quien halló por fin un lugar en el que es apreciado.

Aunque su vida parecía marchar maravillosamente, el despecho por el abandono de Johnny se mantenía vivo. No obstante, poco a poco emergía una coraza y se tejían, como un capullo en torno a su herida, razones nobles y elevadas por las cuales estudiaba Medicina. Así, por momentos, Sonia conseguía creer que de veras había tenido esa vocación desde niña; por momentos se convencía de que era la profesión más humanitaria del mundo, y que su única ambición era llevar consuelo a los enfermos y salvar vidas. Por momentos Sonia conseguía creer que Johnny nunca existió, aunque cada cosa que hacía, cada paso que daba, la desmentía de inmediato. Eso sí, no les dejaba energía al amor ni a ninguno de sus sucedáneos, de modo que la soledad –tan vieja, tan odiosa y tan temida– seguía fielmente a su lado.

Se graduó con honores. Sus padres y sus hermanos se sentían colmados. Aunque Norma no pudo asistir a la fiesta que los Salas ofrecieron esa noche, doña Beatriz y Nuria representaron a la familia Esquivel. Luego le comentaron que los pastelillos de palmito y el mus de pejibaye estaban exquisitos, aunque el arroz con pollo que sirvieron como plato principal despertó sonrisas sarcásticas por lo inapropiado de la elección.

Sonia sintió un alivio cuando alquiló su primer apartamento y encaró la idea de que por fin viviría sola. Tenía entonces veintinueve años y era virgen aún, pero el hecho señalaba un nuevo principio que alimentaba la ilusión de estar haciendo su vida a su antojo. Escogió un condominio lo más lejos posible de sus recuerdos, y se instaló en las inmediaciones de Curridabat, el ala opuesta de la ciudad. Las artes y oficios aprendidos previamente le fueron útiles para hacer de su apartamento un verdadero primor, como exclamó conmovida doña Edith cuando Sonia la invitó a conocerlo. Durante su internado en San Isidro de El General había aprendido a manejar carro, y la constancia de su primer sueldo de la Caja Costarricense del Seguro Social bastó para conseguir el crédito que necesitaba para comprarse un vehículo. De pronto su vida le parecía real. ¡Qué lejos estaban sus años de zombi, los años perdidos en aquel horrible sentimiento de irrealidad! Por delante tenía los planes de poner su consulta privada, y quizás, en un futuro no muy lejano, de comprar su casa propia. Sólo cuando se preguntaba qué más podía pedir, regresaba la sombra –difusa, pero por ello mismo más difícil de ignorar– de Johnny y su pesada carga de recuerdos…

La misma noche en que se conocieron, El Cholo y Macho Chingo bautizaron a Johnny como *Monaguillo*, por su necedad, más bien su vicio, de nombrar al Altísimo con el menor pretexto. Aquella caverna se convirtió en una catedral donde los oficiantes fueron los viejos delincuentes, y el iniciado, el investido, el que moría y renacía en un acto simbólico, fulminante, magnífico y devastador, era Johnny Fuentes, en adelante Monaguillo.

Hay quienes afirman que ahí tuvo lugar un rito satánico; otros aseguran que aconteció una orgía, que más tarde aparecieron unas putas o unas sacerdotisas, unas indigentes o unas brujas, y que en el frenesí de la actividad sexual a la que se entregaron, en medio de una borrachera memorable y de los vapores y efluvios de otras drogas, Johnny decidió dedicar su vida a la delincuencia y, en un sentido amplio, al principio del mal. Todo esto resulta novelesco y exagerado. Lo más probable es que durante largas horas de conversación con Macho Chingo y El Cholo, Johnny llegara a la conclusión de que para él las demás puertas estaban cerradas, y que su único camino posible era unirse a ellos. Sólo así se explica la constancia, la dedicación e incluso la saña con la que Johnny Fuentes, alias *Monaguillo*, abrazó su nueva causa y se entregó al crimen.

Es difícil seguir sus pasos durante aquellos años. Sin embargo, se sabe que al principio Johnny acompañó a sus socios, mentores y nuevos amigos en las actividades de su especialidad: el asalto a mano armada y la tacha de vehículos. Fue mediante esta última actividad como Johnny se puso en contacto con las bandas internacionales. Con ellas llevaría el negocio hasta alturas antes impensables en la región; en efecto, Johnny demostró tener un agudo sentido de la oportunidad, una ambición vigorosa pero no reñida con la prudencia, la audacia y la visión necesarias para llevar a la práctica los planes más atrevidos, y un estilo personal flexible, fácil de seguir y nada autoritario.

Con estas cualidades, no es de extrañar que la tacha de vehículos conociera bajo su liderazgo un momento de apogeo y plenitud, como ni siquiera los más optimistas habían soñado. Se trataba de una verdadera agencia de comercio internacional, con abogados, gerentes y representantes de ventas en el país y en el exterior.

Lo más sencillo era el robo de los vehículos; el mayor desafío, su trasiego internacional, y lo más tedioso, el regateo con los revendedores locales. Lo peor, sin duda, era tener que negociar con las poderosas oligarquías tradicionales, bien establecidas y con el poder político a su servicio. Ellos consideraban los mercados nacionales como parte de su patrimonio familiar, se resistían rabiosamente a compartirlos, y reaccionaban con furia, como si fuera una usurpación, contra todo intento de actividad independiente. Ni siquiera las guerras que durante esos años desgarraban a casi todos los países de Centroamérica contribuyeron a que ellos cedieran al menos un pedazo del pastel. Como si fuera poco, los gringos, empeñados en su santa cruzada contra el comunismo (*el imperio del mal*, como lo llamaba el presidente Reagan), renovaron su antigua alianza con los mismos de siempre, pues asumían –con razón, probablemente– que nadie como ellos podía garantizarles las condiciones para continuar ejerciendo su dominio. Así, algunos países fueron invadidos parcial o totalmente.

No era fácil prosperar en condiciones tan adversas, pero Johnny echó mano de todo su talento, estrechó relaciones con nuevos empresarios y con jóvenes políticos, y consiguió capear lo peor del temporal.

A esas alturas, Macho Chingo y El Cholo se habían convertido en un lastre para él, pues su sola presencia le hacía recordar que era un advenedizo, y que apenas unos años antes estaba fuera del negocio y era un don nadie. De alguna forma ellos también le reprochaban a Johnny su éxito, y miraban con recelo que se hubiera adueñado de lo que un día les perteneció. Por fuera las cosas parecían marchar bien. Johnny les concedía privilegios que negaba a los demás subalternos, pero eso mismo producía un sordo descontento, un fermento amargo, en toda la organización.

Johnny sabía que en algún momento tendría que acabar con aquello, y se dio de bruces con la oportunidad cuando El Cholo y Macho Chingo fueron capturados en la frontera entre Costa Rica y Panamá. Venían en un vehículo robado y traían un cargamento de *whisky* de contrabando. Se mantuvieron tranquilos, confiados de que Johnny movilizaría todos los recursos de la organización para liberarlos –sobornos, abogados, y de ser necesario, una fuga bien planeada, con helicóptero y juegos de pólvora incluidos–, pero para su sorpresa, para su amargura y decepción, nada sucedió. Johnny se rehusaba incluso a recibir sus llamadas, y parecía dispuesto a dejar que se pudrieran en el tabo. Cuando por fin ellos lo comprendieron así, tomaron caminos opuestos.

Terencio Ortiz, alias *Macho Chingo*, decidió abrir la bocota, sacudir el árbol y traerse abajo todo. Fue un escándalo mayor, nada quedó en su sitio. Los amigos y socios de Johnny movieron sus fichas y consiguieron que la mayoría de los periódicos presentaran el asunto como la venganza de un amargado, el último acto de un delincuente resentido que no tiene reparos en ensuciar la honra y la reputación de personas decentes, y así por el estilo. Aun así, Johnny tuvo que esconderse y permanecer quieto durante un tiempo. Aunque su nombre no se ensució, algunos diarios informaron que la policía sospechaba que detrás de todo estaba alguien llamado Johnny Puentes (y la errata fue un alivio) o Jimmy Paredes, de nacionalidad panameña (y los errores fueron un alivio mayor), mejor conocido como *Monaguillo*, y cuando leyó esto, Johnny dejó de sonreír. Detestaba que lo llamaran así; involucrar a Dios en los negocios mundanos le parecía una falta de respeto. Milagrosamente, Terencio no mencionó nunca su dedo mutilado.

Con El Cholo las cosas fueron distintas. Desde el primer momento la traición de Johnny lo afectó mucho. Siempre le tuvo cariño, en cierta forma lo miraba como a un hijo. Es posible que todo esto le removiera oscuros episodios de su pasado, en todo caso entró en una depresión profunda, según consta en su expediente médico del centro penal, «con episodios de ansiedad y angustia severos». Sus compañeros de sección aseguran que antes de morir ya parecía un cadáver. «Ése estaba deseando que se lo llevara la pelona», dijo uno de ellos. Y otro: «Ese hijueputa ya se había muerto y nadie le había dicho nada. Él solito tuvo que darse cuenta y hacer algo al respecto, porque si no, aquí seguiría como un espectro». (Este recluso estudiaba por correspondencia para ser detective privado, y además, como se evidencia en su lenguaje, leía historietas y cuentos de horror…) Por «hacer algo al respecto», en todo caso, se refiere a que El Cholo finalmente se suicidó. Amaneció morado y con la lengua de fuera, con la verga dura y colgando del techo, una mañana de octubre, cuando iba a completar su tercer año de prisión.

Enterarse del suicidio de El Cholo le produjo a Johnny una profunda crisis espiritual. Si no el autor material, se sentía al menos el responsable directo de su muerte. A sus veintiséis años de edad, Johnny consumaba su segundo parricidio (su verdadero padre había muerto dos años atrás, también sumido en la tristeza y la depresión). De ese período datan sus conocidos versos*: «MORIR DE PIE Y CANTANDO. *Al pie de la cruz, / Oh Jesús, Señor mío, / Sería una dicha y sería / Todo lo que yo te pediría / Si un consuelo me dieses / Y una oportunidad / De redimirme algún día. / Así sea, así será*».

* Sólo durante un corto período escribió versos Johnny, y siempre de carácter religioso. Reconociendo su ignorancia al respecto, el narrador no se pronunciará sobre su calidad. Se limita a dejar constancia de una faceta poco explorada de este

Pero sus propósitos de redención no contemplaban un arreglo con la justicia ni la renuncia a sus actividades criminales. Se trataba de un asunto puramente espiritual, de un arreglo de cuentas consigo mismo y con Dios.

El escándalo que se produjo tras la delación de Macho Chingo había debilitado su posición; muchos de los que antes lo apoyaban, ahora vacilaban o le expresaban sus reservas. Durante los meses en que se vio obligado a replegarse, otras organizaciones se fortalecieron. Cuando Johnny trató de recuperar el terreno perdido, descubrió que otros habían tomado su sitio. La única salida posible era un enfrentamiento directo. Desde arriba lo presionaban para que desalojara a los usurpadores y recuperara su posición. Johnny sabía que tendría que

---

personaje de leyenda. Los versos de Johnny fueron publicados anónimamente en el semanario *Eco Católico* (domingo 12 de julio de 1988), y conocieron un éxito resonante. Varios grupos juveniles –como aquél del que irónicamente el autor de los versos había sido integrante una década atrás– los hicieron suyos y los musicalizaron de inmediato. He tenido la oportunidad de escuchar la versión rock, la balada pop y la versión coral, y de ellas, la que encuentro mejor lograda es la balada pop. Me parece que los autores captaron mejor el sentir de hondo arrepentimiento, y fue un acierto convertir en estribillo y repetir, a modo de *bis*, el verso final: «Así sea, así será...».

pagar el precio de unas cuantas muertes. Hizo sus cálculos: en el mejor de los casos, serían cuatro o cinco vidas; en el peor, entre ocho y diez. Dudaba. Fue un momento de extrema tensión interior. Todavía no se había repuesto de la pérdida de El Cholo, y ya la vida le ponía por delante tan grave decisión.

Finalmente Johnny rehuyó el enfrentamiento y prefirió renunciar al negocio. Por supuesto perdió toda su credibilidad; muchos de los que antes lo apoyaban se declararon sus enemigos, y otros habrían pagado de buena gana para verlo muerto. Durante algunos meses Johnny se retiró a las montañas de Talamanca. Fue un repliegue estratégico. Ahí planificó su siguiente etapa, aquélla que lo haría célebre y lo inmortalizaría en la historia criminal del país.

Si la trayectoria de Johnny y de Sonia fue ascendente (aunque no en el campo ni en el sentido que ellos previeron), de Jaime no se puede decir lo mismo. El coqueteo con la cocaína derivó pronto en franca adicción; se le abrió una llaga, se le despertó una sed que lo consumía, una avidez de plenitud que sólo la droga sabía saciar. Jaime creía elevarse hacia una intensidad y una lucidez superiores, suponía que su desempeño deportivo mejoraba y que, en general, su vida se desprendía de sí mismo –de sus viejos lastres y límites– para levantar por fin vuelo, cuando en realidad bastaba que no tuviera un poco de droga a mano para que sus ilusiones se desplomaran y su vida apareciese ante él como una llaga abierta que empezaba a supurar. La visión era demasiado terrible y había que espantarla pronto. Así volvía a entregarse a los brazos sedosos y crueles, tiránicos y dulces, de la cocaína primero, del bazuco y el crack después. Ni siquiera se daba cuenta de que la velocidad del péndulo iba en aumento, y que el precio que debía pagar crecía también. Ya no sabía vivir sin esa música, sin esa luz que lo devoraba y lo encendía por dentro, llenándolo de claridad y determinación.

Al principio Jaime anduvo con Alex, el vecino bajito y barrigón que lo sorprendió inhalando en mitad de un partido de básquet en Barrio México, pero tan pronto terminaron con la cocaína de Jaime, Alex se apartó y no se lo volvió a ver por ahí. No tuvo reparos en decir que Jaime era un egoísta que escondía la droga con tal de no compartirla con él.

La crisis de ansiedad que le produjo a Jaime descubrirse casi sin cocaína precipitó su salida del equipo de la universidad. Unos meses antes había empezado a entrenar con ellos; llegaba precedido por una excelente reputación y por los comentarios elogiosos de su antiguo entrenador, pero no duró mucho en destruir ambas cosas. Varias veces faltó a los entrenamientos, y cuando asistía, a menudo lucía tenso y falto de concentración. Buena parte de sus cualidades como jugador se mantenían intactas, pero la indisciplina y un carácter que tendía a hacerse explosivo lo desacreditaban y debilitaban su posición ante el grupo. Cuando comprendió que la cocaína le alcanzaría a lo sumo para una semana, Jaime dejó de presentarse a tres entrenamientos seguidos. Por fin, cuando reapareció, el entrenador le informó de que ya no era miembro del equipo. Jaime no lo podía creer. Regresó a su casa sólo para encontrar que la gaveta donde escondía la cocaína se hallaba vacía. Eso fue lo peor. Ni siquiera le dolió tanto que lo expulsaran del equipo.

Su siguiente compañero de ruta fue Jeffery Cevallos, un grandullón y peleador empedernido, con la cara ancha y como de vaca, una risa que parecía un relincho y dos brazos gruesos como bazucas. Según él, sus padres eran ricos, pero Jeffery andaba siempre sin un centavo y con la misma ropa del día anterior. Una vez lo llevó a conocer su casa. Fueron hasta San Ramón de Tres Ríos en autobús;

luego se desviaron de la ruta principal y descendieron un poco hasta dar con una casa amplia, blanca y de dos pisos, con un jardín en el que, además de los arbustos y las flores, sobresalían algunas estatuas de mujeres con los brazos partidos. En el momento de entrar, Jeffery no encontró la llave; entonces le propuso a Jaime que entraran por el patio de atrás. Jaime se rehusó y Jeffery, ofendido, le preguntó si desconfiaba de él. Jaime guardó silencio. Mientras discutían, llegaron los dueños de la casa. Tan pronto vieron a Jeffery detuvieron el auto. Un hombre mayor y de aspecto cansado bajó dando un portazo (dentro del carro, una mujer miraba la escena al borde del llanto). Le preguntó a Jeffery qué quería. El no respondió. El hombre le dijo que se largara, que no querían verlo nunca más. Jeffery no le sostuvo la mirada. Cuando se alejaban de ahí, a Jaime le pareció reconocer a Norma Esquivel. Estaba en el jardín de una casa vecina, tomando el sol, con la gran panza y la sonrisa misteriosa de las mujeres embarazadas. Jaime la miró como a un espejismo y apresuró el paso.

Tiempo después, Jaime supo que aquel hombre no era el padre de Jeffery, sino un tío que en algún momento le dio hospedaje, hasta que un domingo Jeffery le desvalijó la casa, se llevó lo que cupo en un camión. Jeffery le confesó esto a Jaime cuando ya él había empezado a robar cosas de su casa para conseguir dinero y alimentar el vicio de ambos; lo dijo como una forma de animarlo, o al menos de hacerle ver que, si él no lo hacía, no era porque tuviese algún reparo, sino sencillamente porque no tenía dónde hacerlo. Los padres de Jaime no soportaron mucho. Primero desapareció la licuadora, después una radio, después un televisor y por fin el equipo de sonido. Entonces cambiaron el llavín de la casa. Para ese momento Jaime había probado casi todas las drogas, y la cocaína, demasiado cara, había sido reemplazada por la piedra y el bazuco. Esa noche no consiguió nada. Erró por la ciudad, presa del pánico, y cuando le faltaron las fuerzas se tendió en un baldío, muerto de angustia, de ansiedad y de frío.

Lo despertaron la tibieza y el olor acre de los orines. Entonces vio que dos borrachos meaban sobre él; a juzgar por su manera de hablar eran campesinos. Jaime se incorporó aturdido; vio el desconcierto estampado en la expresión de ambos. Uno de ellos intentó disculparse, pero Jaime los embistió. El más joven consiguió zafarse y echó a correr; Jaime atrapó al otro y forcejeó con él hasta que el tipo dejó de resistir. Sólo entonces descubrió que lo tenía sujeto por el cuello. Jaime lo soltó de golpe, horrorizado, y lo miró caer sobre la acera como un costal. Antes de lanzarse a correr le revisó los bolsillos, sólo para comprobar con rabia que estaban vacíos. Durante muchos años, a Jaime lo atormentó la duda de haber matado a aquel hombre.

Norma hubiera podido asegurar que no lo hizo. Meses antes había nacido Daniel, su primer hijo, con graves deficiencias respiratorias producto de una malformación congénita. Antes de cumplir el primer año de vida, el niño fue sometido a dos intervenciones quirúrgicas bastante complicadas y en principio exitosas, que según el criterio de los especialistas resolverían su problema de por vida. Norma aprovechaba las horas de la tarde en que el bebé dormía para revisar obsesivamente los diarios. Sin comprender por qué, ponía especial atención a las secciones de obituarios y de sucesos. ¿Qué esperaba encontrar ahí? ¿La noticia de que su pequeño había muerto? Acaso verificar su ausencia en esas temidas páginas le daba las fuerzas que necesitaba para continuar luchando por él.

En esa época Norma había comprendido que lo que más deseaba en la vida era convertirse en madre, y las discusiones que envenenaron los primeros dos años de su matrimonio le parecían lejanas, innecesarias y ridículas. Regresando apenas de la luna de miel, Jorge le pidió (casi le planteó como una condición) que renunciara a la ingeniería y se dedicara a la familia. Ella se indignó como pocas veces. Le parecía una traición que pusiera esa exigencia cuando el matrimonio se había consumado, pues de haberlo hecho antes no lo habría pensado mucho para mandarlo a volar. Aunque Norma estaba segura de amar a su marido, sentía un odio intenso contra él cada vez que discutían el asunto. Fueron dos años muy difíciles. Sólo cuando Jorge habló de divorciarse, Norma consultó con su madre. Ella lo relativizó todo; puso las cosas en perspectiva y le hizo ver que un retiro momentáneo no implicaba el abandono definitivo de su carrera. Luego se puso de ejemplo ella misma: ¿acaso ahora que Norma y sus hermanos habían crecido no tenía una vida productiva y se dedicaba a lo que quería? Norma cedió a regañadientes, responsabilizando por adelantado a Jorge de su infelicidad. Sin embargo, bastó quedar embarazada para que su perspectiva comenzara a cambiar.

Superados los mareos y los vómitos, entró en una especie de trance; una felicidad nueva, y ojalá definitiva, la emborrachaba cada día, como si todo lo que había vivido antes fuera apenas un preámbulo, un preparativo para lo que ahora vendría. La borrachera no terminó con los desgarradores dolores del parto; tampoco cuando dos médicos sombríos le explicaron que el bebé tenía problemas para respirar, y que debería ser sometido a varias operaciones antes de saber si algún día podría llevar una vida normal. Ni siquiera lo mal que Jorge reaccionó a la noticia consiguió que su felicidad desapareciera. Si ella había sido capaz de engendrar y alumbrar esa vida, ella (con la ayuda de Dios, por supuesto) conseguiría mantenerla y llevarla adelante. Jorge estaba desconsolado. Su carácter soñador parecía derrumbarse como un castillo de naipes con la primera prueba que les ponía la vida. Norma tuvo que hablarle muy duro para que él consiguiera reaccionar, y durante el primer año del niño, cuando todo se presentaba incierto, sospechó siempre que se encerraba en el baño para llorar.

Los primeros dos años de vida del niño exigieron de Norma una dedicación total. Esto mismo magnificaba cada conquista –los primeros pasos, las primeras palabras, las manifestaciones cada vez más nítidas de una voluntad independiente; el proyecto de un ser que se delineaba con claridad–, y la convertía en una pequeña victoria. Norma tenía la sensación de haberse encontrado, o más bien de haber encontrado algo de sí misma que jamás sospechó tener. No se trataba del amor –a fin de cuentas sujeto a dudas, vaivenes y caprichos–, sino de algo infinitamente superior: su propio centro, su piso o su sostén; el punto de partida desde donde irradiaba su ser, y sin duda lo más cercano al amor de Dios que había conocido.

La relación con su marido también se transformó. Norma se había convertido en una dinamo cuya luz iluminaba, sobre todo, a Daniel, su hijo. Aunque su esposo parecía recuperar poco a poco el ímpetu que la cautivó al inicio, a menudo lucía apocado y confundido. Esto se puso de manifiesto cuando un proyecto en el que había cifrado grandes expectativas –la construcción de un edificio de doce pisos– se desvaneció en el último momento, dejándolo con las manos vacías y en una situación económica muy comprometida. Fue el indicador más claro de que las cosas no marchaban bien. Ahí comenzaron los proyectos fantasmales, los contratos millonarios que se desvanecían en el último instante, los socios que por alguna razón no aparecían, las empresas que por motivos inexplicables no terminaban de cuajar. Norma encontraba fuerzas para apoyarlo, y fingía creer cada una de las excusas que él improvisaba para sus fracasos.

Era evidente que sus planes de convertirse en grandes empresarios, y llevar en pocos años una vida de ricos, se habían desvanecido. En su lugar, se perfilaba un horizonte menos espectacular, un camino más trabajoso y si se quiere más normal: el desesperado manoteo de los que empiezan a nadar para mantenerse a flote; la lucha para esquivar los golpes de los grandes, que desean hundir a los que, apenas comenzando, representan, sin embargo, una amenaza potencial... Todo esto, que para Norma resultaba comprensible y hasta natural (siempre recibió con reserva los grandes proyectos de su marido), para él significaba una verdadera catástrofe, la trampa que la vida le tendía para destruirlo. Verse concursando por pequeños proyectos representaba para él una derrota, y sólo porque no había otra cosa a la cual recurrir concursaba; a regañadientes, sintiéndose insultado.

Daniel murió pocos días después de cumplir tres años, cuando todo parecía marchar de maravilla y sus problemas físicos estaban superados. Fue un accidente, un vulgar accidente; un accidente estúpido, peor aún: ridículo. Una mañana de mayo el niño encontró bajo su cama un abejón luchando por enderezar su cuerpo y evitar que las hormigas lo devoraran. Antes de llevarlo a su boca, Daniel se entretuvo largo rato con el animal, empujándolo hacia un lado y hacia el otro, con tan mala fortuna que ni la empleada, que limpiaba el cuarto de Norma, ni ella misma, que hablaba por teléfono con una amiga, lo descubrieron a tiempo ni se lo arrebataron. Cuando lo tragó, ya era muy poco lo que se podía hacer, y de nada valieron los golpes ni los gritos, los alaridos ni el llanto de las dos mujeres.

Norma se desmayó varias veces en el funeral del niño, y durante un año completo se reprochó no haber estado en el cuarto para evitar el accidente. Se aferraba a su fe en Dios como a una cuerda alguien que pende al borde de un abismo. Y sabía que si se abandonaba, terminaría por odiarlo y por culparlo de lo que había sucedido. Se contuvo con esfuerzo. Buscó en vano consuelo en su madre y en sus amigas, que le daban lo que podían sabiendo de antemano que era insuficiente. Norma se esforzaba por no alejarse demasiado de su marido, que daba su propia lucha para no hundirse, sin que ella lo pudiera ayudar. Al menos era capaz de sentir compasión por él. Era –así lo consideró ella– un buen signo, un indicador de que, pese a todo, se mantenían unidos.

En la oscuridad de aquel invierno de nubes metálicas, a veces se sorprendía mirando una planta que retoñaba en el jardín, o una araña que tejía laboriosamente su tela entre dos ramas, y se decía que mientras fuera capaz de apreciar esas cosas pequeñas y olvidadas no todo estaba perdido. Se sabía viva; confiaba en que renacería.

A pesar de su dolor, nunca anheló morirse. Eso sí, sentía su vida vaciándose como una marea que desciende, y se preguntaba cuándo se volvería a llenar. Lo más difícil era hacer el amor; se le hacía ridículo entregarse cuando no tenía nada que dar, y la cercanía de otro cuerpo le resultaba intolerable.

Dos años después de que muriese su hijo, Norma volvió a quedar embarazada. Esta vez, la pasión que la poseyó no fue instantánea. Fue un cortejo más lento pero también más sostenido. Regresaba de las sombras de la muerte, y no estaba dispuesta a permitir que le arrebataran los jugos de la vida. Se sentía fuerte y poderosa, y se sentía madre aún antes de haber parido: una danta, una fuerza de la naturaleza, un animal de la selva dispuesto a defender lo que carga en sus entrañas. En lugar de entregarse a la borrachera un tanto melancólica que la embargó durante el primer embarazo, ahora hacía ejercicios y se alimentaba bien. Se enamoraba de los nabos o se enternecía con los pepinos. Descubría en la selva oscura del brócoli una imagen de su propio sexo, y asumía que alimentándose con él, lo fortalecía para la dura prueba que se avecinaba.

Se concentró en la gestación como un deportista en alcanzar su objetivo, y subordinó a eso cualquier otro compromiso, la vida social y sus demás intereses. Durante aquellos meses, su marido perdió la esperanza de que lo acompañara a los cócteles y cenas donde se decidían los negocios, y ni siquiera asistió al festejo que ofrecieron los Salas cuando Sonia se graduó de médica internista.

Es muy probable que, de haber acompañado a su marido, en una ocasión de tantas se hubiera encontrado con Luis, que por esos días no perdía ocasión de asistir a cualquier evento social donde pudiese apuntalar su todavía incipiente carrera política.

Su nombre comenzaba a mencionarse como un posible candidato a diputado, aunque sólo en los círculos cerrados y de manera extraoficial. Luis sabía que era cuestión de tiempo y de paciencia, de ser cauteloso y reservado pero mostrarse entusiasta y sin reservas. Tenía la corazonada de que lo iba a lograr, pero lo atormentaba la duda de cuándo sucedería. Debía ser antes de que su padre muriera, él tenía que verlo. De alguna forma su triunfo estaría dedicado a él; sería una forma de mostrarle que no se había equivocado cuando abandonó el taller y emprendió su propio camino.

Cuando se encontraba en un cóctel o en un almuerzo de negocios con alguno de sus antiguos «clientes» –aquéllos que años antes lo hacían esperar con la cocaína en el recibidor, mientras adentro la fiesta ardía–, Luis se esforzaba por ocultar lo que restaba de su añejo resentimiento, y se mostraba afable y conciliador. Pretendía hacerles ver que se habían equivocado, desde siempre él había sido uno de ellos y lo había sabido. El despliegue de su más refinada simpatía, de su calidez y cordialidad vencía las resistencias, y llevaban a dudar a sus interlocutores de que Luis los hubiera reconocido. Pero él los recordaba, y se anotaba una victoria cada vez que alguno daba señales de admitirlo en el estrecho círculo de los poderosos.

De todos los muchachos que conoció en aquellos años, sólo algunos pertenecían realmente a ese círculo; la mayoría se había estancado en mitad del camino o habían hecho nido en algún punto intermedio de la larga correa de transmisión del poder económico y político: asociaciones empresariales, cámaras patronales, dirección de instituciones públicas, cuadros técnicos de los principales partidos políticos... Por todos estos ámbitos circulaba

Luis con creciente familiaridad, desplegando su suave sonrisa como una vela con la que esperaba llegar muy lejos. No le iba mal, y se asombraba cuando miraba hacia atrás y contemplaba el camino recorrido.

De su próspero pero fugaz negocio con Antonio Montani apenas recordaba nada, fue poco más de un año de intenso trajinar por fiestas de muchachos ávidos y estimulados por la música, el alcohol y la cocaína. Todo parecía un juego, nada les importaba. Aunque el negocio iba bien, Luis estaba más interesado en las relaciones que se le abrían, que en el dinero que ganaba. Tan pronto pudo, cambió su moto por una Kawasaki 500 y renunció definitivamente al taller de su padre. Necesitaba una fachada, algo que lo justificara ante su familia. Encontró lo que buscaba matriculándose en la carrera de Derecho de una recién inventada universidad. Asistía a los cursos y atendía durante las clases, pero jamás hizo el menor esfuerzo. Por las noches, trabajaba.

Antonio tenía conexiones pero carecía de ambición, para él era suficiente ganarse lo que inhalaba. Luis, que nunca fue adicto y ni siquiera consumidor ocasional, comprendía que la mejor tajada del negocio tenía que estar más arriba. Además, era menos peligroso. De modo que cuando Antonio le reveló el camino hacia un nivel más alto en la red de distribución, no lo pensó mucho y tocó esa puerta, decidido a demostrar que merecía más confianza y más responsabilidades.

Sin su ayuda ni su consejo, Antonio no se supo sostener, cometió una imprudencia y, pocos meses después, fue sorprendido vendiéndole droga a un par de agentes encubiertos. Luis sabía que ése era un mundo peligroso, pero ver la fotografía de su amigo en los diarios lo impresionó mucho. En la prisión, con tanto tiempo para deprimirse (pero ya sin pelos que perder) ¿qué iba a hacer Antonio? Tal vez convertirse a alguna secta o a alguna religión extraña. Tal vez integrarse a alguna red de distribución dentro del penal y mantenerse en el negocio. Tal vez prostituirse. Tal vez estudiar Farmacia o matricularse en un curso por correspondencia para ser detective privado. Para Luis Redondo fue clarísimo que tarde o temprano había que salir del negocio, pues aunque el riesgo disminuyera a medida que se trepaba en la escalera, nunca se estaba totalmente a salvo, y un resbalón o una caída nadie podía descartarlos. Así empezó a pergeñar su eventual salto a la política, una trinchera más segura, donde también sería de utilidad.

Entonces no podía imaginar que dar ese paso –desmarcarse de la primera línea– no resultaría tan sencillo, pues antes de dejarlo en esa libertad relativa que suponía su ingreso a la escena pública, los que mandan, los que todo lo miran y todo lo saben, los innombrales, los dueños, le exigirían todas las pruebas de lealtad, lo comprometerían más que nunca para cerrarle el paso a cualquier insensato deseo de deserción, lo explotarían y simularían traicionarlo para valorar sus reacciones; pondrían en sus manos tentaciones, falsas pistas y caminos engañosos para asegurarse de que Luis siempre les sería fiel, y que entendía a la perfección que la libertad de la que parecería gozar no era tal, pues en definitiva nadie que haya estado adentro sale nunca de ahí.

Superó las dificultades y demostró su lealtad más allá de toda prueba. Viajó por la mitad del mundo –Miami, Nueva York, Los Ángeles, Guatemala, México, Buenos Aires, São Paulo, Lima, Bogotá, Madrid, París, Frankfurt, Hamburgo y, tiempo después, también Praga y Moscú– organizando operaciones, supervisando entregas, verificando contactos, movilizando dineros, representando a sus señores, dando la cara a los intermediarios, presionando a los deudores, alimentando dudas o rumores sobre otras organizaciones. Su título de abogado le fue de enorme utilidad, pues los negocios de las empresas *limpias* le brindaban el pretexto necesario para estos viajes. Así, la venta de cincuenta mil cajas de gelatina en polvo por parte de Alimentos Industriales S. A. (San José) a Espinardo y Asociados, Compañía de Representaciones Extranjeras (Madrid), exigía y justificaba su traslado de un sitio al otro, cuando su verdadero propósito era finiquitar los arreglos para el próximo embarque de cien kilos de mercancía y aceitar la cadena de pagos que garantizaba que todo funcionaría sin contratiempos. Luego organizaba el envío de una parte del pago hacia Frankfurt, para atender una deuda atrasada por compra de armamentos, que tenía irritados a unos tipos con los que más valía estar en buenos términos. Una vez en Frankfurt se ponía en contacto con la compañía New Resources, Inc., donde esperaban su llamada para arreglar la exportación hacia Buenos Aires, vía Hamburgo, de un cargamento de dos toneladas y media de silicio y media de cadmio, por cuenta de la Compañía de Importaciones Santos. La mitad del pago debía depositarse por adelantado en las cuentas habilitadas para ese efecto, pues en realidad correspondía a la liquidación de un envío realizado dos meses atrás.

Luis aprendió a moverse a la perfección en ese laberinto de falsas compañías, negocios imaginarios, tratos fantasmas, espejismos y fachadas. La vida se desdoblaba en espejos múltiples colocados unos enfrente de otros, para que fuera imposible distinguir la verdad de la ilusión, la máscara del rostro. A menudo cedía a la tentación de creer que el personaje era el verdadero y se confundía con el abogado especialista en comercio internacional que simulaba ser. Firmó algunos artículos sobre temas especializados que se publicaron en revistas, y se postuló a un cargo honorífico en el Colegio de Abogados. Sólo la reprimenda que recibió por esta veleidad lo persuadió de retirar su candidatura.

En San José, la base de operaciones era su oficina de abogado. Se trataba de algo modesto para no despertar la codicia ni atraer las sospechas de los poderosos del otro bando. Trabajaban con él un par de muchachos recién graduados y una muchacha lujuriosa que parecía dispuesta a todo con tal de ascender. Luis la contrató como secretaria desoyendo su instinto, empujado por el puro deseo de poseerla. En el mismo momento de contratarla se la imaginó gimiendo debajo de él. Muy pronto Nineth demostró ser mucho más inteligente que eso. Antes de entregarle su cuerpo, jugó con él, lo desafió y lo hizo babear de puro deseo, insinuándosele pero retirándose a tiempo, provocándolo una y otra vez. Por fin, una noche de tantas fue suya en las cercanías del mirador Ram Luna, carretera a Aserrí, dentro del Toyota Celica que Luis tenía entonces.

Los encuentros amorosos se sucedieron –los moteles de San Francisco, el apartamento de Luis, la alfombra de la oficina y, en fin, el sufrido asiento del Toyota deportivo, fueron testigos de su pasión– sin que Luis advirtiera que ella suavemente tironeaba de su lengua para que soltara cosas que tenía la obligación de callar. ¿Cuánto llegó a sospechar Nineth, o cuánto supo en definitiva? La mañana en que Luis llegó a su oficina mucho antes de lo previsto y la encontró revisando los papeles de su escritorio, Nineth firmó su sentencia de muerte. Por supuesto Luis fingió que no tenía importancia, y simuló creer la explicación que le dio ella (que ponía orden y hacía limpieza en el escritorio, aun cuando transgredía la orden expresa que Luis le había dado). Luis fingió y simuló y aun le hizo el amor una vez más, esa misma noche, pocos días antes de dispararle él mismo dos tiros en la sien, y lanzar su cadáver en un barranco del Parque Nacional Braulio Carrillo.

Nineth, de apenas diecinueve años, fue su mayor torpeza y también la única ocasión en que Luis puso en peligro la posibilidad de dar el salto a la política. A partir de entonces se impuso la obligación de no precipitarse y ser cuidadoso en la selección de sus amantes. Ese entrenamiento –la disciplina que ahí se forjó– le fue de enorme utilidad años después, cuando recibió el visto bueno para hacer su ingreso a la arena política. Entonces tuvo la paciencia y meticulosidad necesarias para dar con Ana Díaz, aquella pálida mujer de provincia por medio de quien se le abrirían por fin las puertas prometidas.

11

Cada uno se atrincheró en sus temores y recelos, y el tiempo corrió a borbollones. En los diarios continuaban apareciendo notas sobre el hallazgo de cocaína en las cercanías de Playa Panamá. Los reportajes incluían fotografías y entrevistas con la gente que encontró y trató de vender partes del cargamento, y con quienes los denunciaron a la policía. El tranquilo pueblo de agricultores y pescadores artesanales se dividió en dos bandos irreconciliables. Era fácil adivinar que, muchas veces, el motivo que llevaba a los pobladores a denunciar a sus vecinos era la envidia por el repentino enriquecimiento de quienes hasta ayer eran sus iguales en la pobreza.

Los muchachos leían los diarios y miraban los reportajes en los telenoticiarios conteniendo el aliento. Ya no sabían lo que estaban esperando, ni si debían esperar más o esperar algo. Tal vez aguardaban que se olvidara el escándalo, o que un día de tantos el dueño de la cantina de Playa Panamá o del abastecedor en Playa Hermosa, denunciaran que la semana en que tuvo lugar el hallazgo, tres muchachos de apariencia y actitud sospechosas anduvieron por ahí.

Los motivos que los llevaban a aguardar eran distintos en cada caso. Al principio Jaime estaba paralizado por el pánico; Luis seguía con atención el desarrollo de los acontecimientos, y contemplaba cómo en su interior crecía la certeza de estar involucrado y ser partícipe de todo aquello. En ese momento Johnny era el más decidido a actuar de inmediato, y si no lo hizo por su cuenta fue porque había aceptado que cualquier cosa que hicieran, la decidirían entre los tres. Telefoneó a Luis en varias ocasiones, pero siempre se interpuso alguna razón que les impidió hablar con tranquilidad.

Pasaron casi dos semanas, durante las cuales el pacto implícito parecía ser la espera hasta que todo volviese a la normalidad. Simularon continuar su vida habitual. Sólo alguien muy atento habría advertido la erupción de acné que invadió los pómulos de Jaime, y la torpeza y falta de concentración que evidenció en los partidos de básquet que se disputaron en el barrio. Habría notado que Johnny andaba disperso y lejano y que Luis lucía nervioso, y que su sentido del humor, por lo general corrosivo y chispeante, había desaparecido. Habría, en fin, caído en la cuenta de que, durante aquellos días, en ningún sitio coincidieron los tres, y ni siquiera dos de ellos estuvieron juntos en algún momento.

Considerado a la luz de lo que sucedió después, es inevitable preguntarse si fueron sólo el temor y la indolencia, la inexperiencia y la imbecilidad lo que los llevó a guardar silencio y a permanecer inmóviles. Hacían como si ese querer saber lo que sucedería en caso de quedarse con la cocaína fuese sólo un juego, aunque comenzaban a fantasear con la idea de no entregarla. No se les pasaba por la cabeza admitir que conservar la cocaína empezaba resultarles atractivo, pero tampoco se decidían a entregarla para acabar de una vez por todas con el asunto. Había que navegar entre dos aguas, que caminar en el filo de la navaja, de modo que la certeza de su inocencia no se viese amenazada, ni tuvieran que renunciar a la posibilidad de obtener, eventualmente, beneficios con la venta.

Así, la mentira no era nunca demasiado evidente ni la verdad terminaba por imponerse en el sobreentendido de que, si las cosas salían mal, tendrían argumentos para exculparse y protegerse mutuamente. Era una forma de perversión que se quería inocente, y que argumentaba su inocencia incluso antes de cometer la trasgresión. Todo esto sucedía como en un lejano juego de sombras, pues a ninguno de ellos se le ocurría plantear las cosas así. Todos estaban demasiado ocupados con sus miedos para pensar en la verdad y la mentira, la culpa o la perversión.

Fue Johnny quien resolvió por fin que había que hacer algo, pues la espera ya le resultaba intolerable. Telefoneó varias veces a Luis hasta que él no tuvo más remedio que atenderlo. Acordaron un encuentro para el siguiente sábado. Aprovechando que sus padres estarían fuera del país, Luis propuso que se vieran en su casa y se comprometió a citar a Jaime.

El sábado, a las cinco en punto de la tarde, se encerraron en el cuarto de Luis. Les temblaban un poco las piernas, pero todos fingieron no advertirlo. Johnny estaba tan nervioso que pidió a Luis una chupada de su cigarro. Luis, que detestaba muchas cosas, pero pocas como ésta, prefirió ofrecerle uno. Johnny insistió, «solo una haladita, no seás güevón», y Luis accedió de mala gana: cualquier cosa para evitar un conflicto. Luis y Jaime se sentaron sobre la cama, la espalda reclinada contra la pared donde colgaban los afiches de una Harley Davidson y de un BMW deportivo. Johnny lo hizo en la silla del escritorio, a un costado de ellos.

Fue una conversación plagada de repeticiones, preguntas tensas y vueltas al comienzo. A menudo se arrebataron la palabra, se gritaron y se interrumpieron. En algún momento, Luis mandó a la mierda a Jaime, y Johnny a Luis.

Quien tenía más claro lo que deseaba era Luis, pues de entrada dijo que ya era tarde para entregar los paquetes; después del escándalo que se produjo nadie les creería que actuaron de buena fe. Además, ¿por qué esperaron tanto? ¿No sería que encontraron más cocaína pero ya la habían vendido? ¿Cómo podrían demostrar que no era así? De pronto parecía su enemigo, al menos eso pensó Jaime, quien lo interrumpió para decir que de alguna forma convencerían a la policía de que sólo pretendieron ayudar. Johnny parecía el más asustado; permanecía mudo, con los ojos muy abiertos, tratando de ordenar sus pensamientos. Mientras tanto, Luis y Jaime continuaban discutiendo. Por fin, Johnny se impuso con un grito.

Sostuvo que lo mejor que podían hacer era lo que debieron haber hecho desde un inicio: desembarazarse de los paquetes, esconderlos en un cafetal o lanzarlos a un río. Preguntó si habían guardado el secreto; los otros asintieron sin titubear y Johnny se dejó ganar por un leve alivio. Por un instante creyó que había dado con la solución. Pero Luis se opuso con los mismos argumentos que lo había hecho antes: el riesgo de que los sorprendieran mientras se deshacían de los paquetes era muy grande. Johnny lo enfrentó: no era cierto; o en todo caso, que sugiriera él otra solución, si tantos peros les encontraba a las que ellos proponían.

Luis dijo que lo mejor que podían hacer a esas alturas era esconder la cocaína, al menos por un tiempo, mientras las cosas se calmaban y ellos encontraban una salida adecuada. Jaime y Johnny protestaron, ¿no era eso lo que habían hecho? ¡Eso no era remedio sino suicidio! Entonces Luis bajó la voz hasta convertirla en un hililllo, y les dijo que botar la cocaína a estas alturas sería una estupidez, al menos podían entregársela a alguien que estuviera en el negocio (ésa fue la expresión que utilizó), y si les daban algo de dinero a cambio, pues tanto mejor.

Cuando terminó de hablar se produjo el primero de los únicos dos silencios que hubo en la conversación. Cruzó el cuarto como una enorme paloma nocturna y se perdió en la noche, que ya se había instalado en el cielo. Johnny negaba con un movimiento de cabeza, como si escuchar esas palabras le produjera una inmensa decepción. Jaime quedó atravesado por una sonrisa confusa, con la mirada en suspenso, sorprendido al escuchar en boca de otro lo que él había pensado sin atreverse a admitirlo. A su manera ambos ponían de manifiesto que habían considerado esa posibilidad, aunque fuera sólo como un juego de la imaginación.

Aprovechando el silencio tan arduamente conquistado, Luis hizo un nuevo y decisivo avance y se aventuró a decir lo más obvio: si no lo hacían ellos, lo harían otros; una oportunidad como ésta no se les volvería a presentar. Finalmente los desafió: había que aprovecharla, o bien olvidarse de todo y llevar los paquetes a la policía ahora mismo, pasara lo que pasara, aunque terminaran ellos en la cárcel.

Johnny seguía negando con la cabeza y Jaime permanecía paralizado en su sonrisa de estupor. La paloma nocturna hizo el viaje de regreso, estableciendo el segundo silencio en la conversación. Entonces Johnny le preguntó si sabía lo que estaba diciendo, y antes de que Luis respondiera nada, Jaime se adelantó resuelto y respondió que claro, por supuesto; luego lo desafió a su vez, preguntándole si nunca se le había pasado por la cabeza esto. Johnny no respondió en el primer momento, pero se puso de pie y comenzó a caminar en círculos en el centro de la habitación. Después les preguntó si habían enloquecido, ¿se daban cuenta de lo que estaban diciendo? Esta vez respondió Luis. Dijo secamente que sí, mas luego, suavizando la expresión, agregó que si no estaba de acuerdo tampoco lo podían forzar, bastaba que jurara guardar silencio y jamás revelarle a nadie el secreto. Johnny seguía girando en el centro de la habitación. Se apretaba las manos como si fueran pájaros a punto de escapársele. Se alzó de hombros y les preguntó si no querían su parte. Jaime interrogó a Luis con el pensamiento y, cuando iba a formular la pregunta, Luis respondió que no: lo mejor sería que Johnny hiciera lo que le diera la gana con ella; si quería perderla en un cafetal, perfecto; si prefería lanzarla a un río, igual. Johnny se detuvo y volvió a su asiento. Su rostro lucía desfigurado por la desilusión.

Entonces fue cuando Luis propuso que, para disminuir el riesgo, dejaran de verse, al menos durante un tiempo. Jaime no pudo ocultar su sorpresa. Lo miró con una expresión de desamparo infinita, como si recibiera un golpe bajo de alguien a quien acababa de salvarle la vida.

Johnny seguía negando con la cabeza, pero ahora preguntó de nuevo, aunque ya era casi una afirmación, si se habían vuelto locos. Vacilante, Jaime quiso saber qué quería decir Luis con eso de dejar de verse, a lo que él respondió irritado que era la única forma como se podían proteger. En ese momento Jaime deseó volver a su posición inicial; sin embargo, ya era tarde. Luis encaró a Johnny, le preguntó si estaba dispuesto a hacerlo, o al menos a guardar silencio como un acto de amistad. Continuó hablando, insistió en la oportunidad que tenían en las manos, pero Johnny ya no lo escuchaba.

Tenía siete años y estaba en la finca de su tío Mauricio, en las faldas del volcán Irazú. Encaramado en lo alto de un árbol de guayaba, alargaba un brazo hacia los frutos olorosos a canela y miel. Con el otro brazo se aferraba al tronco con todas sus fuerzas. Por fin, les arrebató varias guayabas a las ramas reticentes, y deleitado, poseído, comenzó a mordisquearlas, dejándose envolver por su delicado y penetrante aroma. Abajo, Martín, el hijo del peón a cargo de la finca, le pedía a gritos que le lanzara una fruta, pero Johnny sentía –un poco en broma y otro en serio– que su deleite era mayor si privaba al otro niño. Johnny se limitaba a hacer una ostentación teatral de lo deliciosas que estaban las frutas, y por momentos amagaba lanzarle una a su amigo, sin decidirse nunca a hacerlo. Repentinamente la rama que lo sostenía cedió, y Johnny cayó de bruces sobre una cerca. No perdió el conocimiento en el primer momento, sino después, cuando miró sus manos destrozadas, luego de aferrarse al alambre de púas. A pesar de todos los esfuerzos, nunca encontraron la última falange del dedo anular de su mano derecha.

En su imaginación quedó establecido que el accidente fue un castigo de Dios por su egoísmo, de modo que, a partir de entonces, combatir el egoísmo, dentro de sí mismo y en el mundo, se convirtió en uno de sus objetivos. Todo esto reverberó en su cabeza por un instante, como un espejismo, mientras consideraba su respuesta. Pero no había mucho que pensar, era imposible resistirse a la fuerza que lo empujaba a ceder para no resultar egoísta a los ojos de sus amigos. «Okey», dijo entonces, y enseguida agregó que le importaba un pito lo que hicieran ellos, su plan era lanzar los paquetes que tenía en su casa al río María Aguilar, cualquier día de éstos.

En la misma atmósfera tensa y cargada que había prevalecido, Luis impuso su criterio, y resolvieron no verse durante un tiempo, aunque ninguno se ocupó de precisar cuánto. Se sobreentendía que lo importante era que cada uno se deshiciera de la cocaína en su poder como mejor le pareciera, y que no se volverían a ver hasta que todo aquello no fuera más que un recuerdo. Johnny mantenía la actitud distanciada y severa del que condena lo que sucede a su alrededor, mientras Jaime tenía la sensación de que todo ocurría demasiado deprisa, como en un sueño. Lo consternaba la certeza de haber cedido demasiado pronto, y más aún la idea de que, cuando salieran de ahí, quizás no volverían a verse. Sólo Luis parecía estar convencido de lo que hacían. Su nerviosismo era tan evidente como su decisión de ir adelante, como un amante inexperto o un jugador novato decidido a demostrar que sabe lo que está haciendo.

Fue así como finalmente les propuso que probaran juntos la cocaína, al menos una vez. Antes de que Jaime o Johnny consiguieran reaccionar, se incorporó y puso delante de ellos uno de los paquetes que escondía en el cielo raso. Ni siquiera tenía una idea muy clara de lo que debían hacer. Recordaba los documentales que les proyectaron en el colegio, mostraban gente inhalando cocaína con pajillas o billetes enrollados. No sabía cómo transformar la firme roca que contenía el paquete en algo que pudiera inhalarse, pero el sentido común lo llevó a rasparla con una moneda hasta extraer de ella un polvo untoso y brillante. Se concentró en la tarea de tal forma, que por un momento se olvidó de sus amigos. Cuando terminó, ambos lo miraban como si fuera un desconocido.

Johnny se incorporó y caminó hacia la puerta con un gesto de repulsión; antes que pudiera abrirla, Luis lo detuvo con un grito contenido. Johnny ya sujetaba la manija, pero se detuvo y, luego de un instante, se volteó. Con su expresión tranquila, con su mejor sonrisa, Luis contagiaba la sensación de que todo era una broma, parte de un juego en el que se habían embarcado hace mucho. «Allá ustedes, yo no lo voy a hacer», dijo Johnny con firmeza, pero su mirada encerraba un desafío, la pregunta o la duda de si ellos se atreverían.

Lo hizo primero Luis. Enrolló un billete de veinte colones, lo acercó a su nariz e inhaló con fuerza. Enseguida alivió el escozor que le produjo aquello refregando la nariz con el dorso de su mano; fugazmente alcanzó a ver una pequeña mancha de sangre en sus dedos, pero en lugar de mostrar asombro ni alarma, se alzó de hombros como diciendo: «¿Ven? No me he muerto. Aquí sigo, pendejos», y sonrió mostrando sus dientes blancos y ordenados.

Johnny y Jaime lo interrogaban con la mirada. Por fin Jaime le preguntó si sentía algo, y Luis dijo que sólo se le había adormecido el paladar. «¿Nada más?», preguntó Johnny. Y Luis asintió sin que su hermosa sonrisa desapareciera.

Entonces Jaime siguió sus pasos. Casi de inmediato sintió que lo poseía una euforia benéfica, la decisión y claridad que tanto había buscado. Le regaló a Luis una sonrisa diáfana y a Johnny una mirada de aliento. Johnny parecía disgustado cuando acercó el billete a su nariz, pero luego sólo parecía molesto, y poco después ya estaba tranquilo, casi contento en realidad, o más bien «*bastante* tranquilo y contento», como tuvo que confesar después a sus amigos.

12

Johnny Fuentes, alias *Monaguillo*, fue el director de orquesta, el líder indiscutido y el cerebro organizador, de la banda de asaltabancos conocida como Los Bandidos. Fue él quien planificó y ejecutó con maestría ejemplar los asaltos en Carrillo de Guanacaste, en Salitral de Acosta, en San Antonio de Guadalupe y en San Rafael de Escazú. Los Bandidos también estuvo involucrada (aunque en alianza con otro grupo) en el sangriento asalto de San Marcos de Tarrazú, donde robaron catorce millones y huyeron dejando a sus espaldas tres policías muertos y dos de los suyos heridos.

Si algo caracterizó su estilo fue su atrevimiento, su osadía, el matiz irónico de algunos golpes que ejecutó; un apego profundo al peligro, un coqueteo incesante con la muerte, un gusto odioso por la burla y hasta por la provocación. Parecía más interesado en el juego infinito con los límites, con las fronteras de lo legítimo, de lo predecible y aun de lo posible, que en el monto de dinero obtenido. Lo mismo cabía esperar de él un asalto a los camiones remeceros de las compañías bananeras –bien planificado, sorpresivo, y ejecutado con sincronización y maestría en un tramo solitario del camino rural más desolado– que una incursión relámpago en un centro comercial de la ciudad, disfrazados los asaltantes de payasos o trepados en zancos para ampliar su radio de visión.

Parecía que disfrutaba de su propia inventiva, que se abandonaba a las ideas más extravagantes, sólo para comprobar si funcionarían. En ese sentido era una especie de científico, o mejor aún, un esteta del crimen. ¿Era Johnny perverso, cruel, sangriento, despiadado y asesino? En muchos atracos ejecutados por su grupo, se advierte una complacencia oscura con la sangre, una tendencia inequívoca hacia la crueldad que desafía los principios que regulan todas las relaciones humanas, incluso entre los criminales y la ley. Pero Johnny no actuaba solo, y hay quienes sostienen que en los atracos él intervenía desarmado; otros aseguran que se encargaba de dar sólo el tiro de gracia a los oficiales malheridos, con su famosa Beretta 9 mm. Algunos sugieren –pero sin duda esto es exagerado– que antes de rematarlos con un tiro en la cara, elevaba al cielo una plegaria. Sin embargo, no conviene detenernos en la leyenda de Johnny Monaguillo, llena de ribetes fabulosos e imprecisos; resulta preferible permanecer apegados a los hechos (a menudo no menos fabulosos) de su vida.

Con frecuencia Johnny sentía que vivía dentro de un sueño, que su existencia no era real sino una historia improbable y de final incierto, contada por un loco y leída por alguien no mucho más cuerdo. Sentía también que su vida discurría dentro de las páginas de un libro, pues los hechos se encadenaban y se precipitaban de manera similar a como lo hacían en las historietas y los cómics que había leído cuando niño. Sin embargo, a veces un suceso inesperado rompía el hechizo, y la sospecha de vivir, la sensación de que lo que le sucedía era real, aleteaba en su mente como un pájaro huidizo.

Johnny experimentó esta sensación durante el primer asalto bancario. En esa ocasión, uno de sus hombres acribilló a tiros a un vigilante. Mientras miraba los vidrios reventar en mil pedazos y al hombre caer de espaldas (aturdido y, sin embargo, con la certeza de la muerte estampada en su rostro), Johnny se preguntó si aquello era real, y para su asombro, para su sorpresa absoluta y repentina, tuvo que admitir que sí, que aquel hombre estaba muriendo, y que él se había convertido en líder de una banda de asesinos.

Entonces, a sus ojos, todo había terminado: aunque su vida aún no llegaba a su fin, su destino estaba consumado. Si alguien le hubiese preguntado si las cosas pudieron suceder de otro modo, habría respondido que no.

Esa propensión a la nostalgia, esa inclinación a recostarse en la pared incierta de lo que nunca ocurrió, se desarrolló con más fuerza en el caso de Sonia. Ella no tenía reparos en abandonarse a aquellas ensoñaciones, y las madrugadas solitarias en su apartamento le brindaban oportunidades infinitas para hacerlo. Padecía de insomnio, y cuando no leía ni se consolaba con ridículos programas de televisión, se entregaba de buena gana a los brazos de su único amante, de su amor fantasma: el remolino negro que la poseía y la atormentaba, que la elevaba a las alturas y la sumergía en un agujero sin fin. Ya no era Johnny, sino una sombra hecha a la medida de su imaginación y de sus deseos: lo que Johnny pudo ser de haber sido otro, de haber sido a su lado.

Sonia no se convirtió en la profesional insigne que todos esperaban –por la que el director de la

Facultad apostó a ojos cerrados, y a quien no dudó vaticinarle notoriedad internacional–, y más bien tuvo un discreto desempeño en los hospitales de la Caja Costarricense del Seguro Social. Tras un inicio prometedor en la sección de consulta interna del Hospital México, fue trasladada al San Juan de Dios. Según algunos de sus compañeros, el traslado obedeció a que ya entonces resultaba evidente que las expectativas en ella cifradas no se cumplirían. Tras unos años de servicio no muy brillante en la sección de Medicina Interna, fue transferida una vez más, ahora a la sección de Emergencias. Casi todos sus colegas hubiesen considerado esto como un estancamiento o un retroceso profesional, pero Sonia no parecía frustrada ni ofendida, pues mientras tuviera a mano la posibilidad de darle alas a su imaginación un tanto delirante y frenética, mientras pudiera fantasear con sus otras vidas posibles y todo lo que pudo ser y no fue, poco le importaba que la médica internista del Hospital San Juan de Dios estuviera estancada o detenida.

Una profesional independiente y bien establecida resulta una pieza apetecible para muchos hombres, y Sonia no era ciega para no saberlo, ni tonta para no aprovecharse de ello, de modo que no se convirtió en una virgen solterona y amargada. Aunque su vida sexual despuntó tardíamente (hacia los treinta años), su vivacidad compensó, en alguna medida, tan lamentable retraso. Por su apartamento desfilaron numerosos galanes sin mucha ventura y menos fortuna: por pocas noches la mayoría de ellos, por períodos algo más prolongados unos cuantos, a quienes tampoco calificaremos aquí de afortunados. Se trataba de una transacción desnuda y brutal, en la que cada uno se proponía sacar el mayor provecho de su contraparte.

A veces, en los momentos más inesperados –en medio de una auscultación o cuando entrevistaba a una paciente–, Sonia se preguntaba si algún día sería capaz de perdonarse; se prometía no odiarse más por haber tenido varicela cuando niña, por ser tetona y fea y bajita, y por haber perdido a Johnny una vez; prometía perdonarse, y se decía que tal vez entonces su vida dejaría de ser la mentira que era. Estos pensamientos se agitaban en su mente durante breves momentos, y la llevaban a sospechar, con una mezcla de ilusión y pavor, que su vida era real: tal vez, más allá de la sensación perenne de vivir dentro de las páginas de un libro mal escrito, era verdad ese instante en el que palpaba el abdomen a un muchacho enfermo de apendicitis. Y si esto era así, si su vida no era un sueño, algo tendría que hacer con ella, a algún sitio tendría que dirigirla.

Luis Redondo fue siempre más metódico y más calculador, y sin lugar a dudas, tenía más claro de dónde venía y a dónde quería llegar. En su frenética carrera hacia arriba, en su endiablada huida, rara vez se detuvo para preguntarse qué estaba haciendo con su vida, ni para considerar otras opciones. Desde que ingresó en la red internacional de tráfico y distribución de cocaína, aceptó que ésa era la forma como la providencia, el destino, la suerte o la vida, habían dispuesto que lograra sus objetivos, e hizo sin remilgos lo que se esperaba de él.

A menudo, sobre todo al principio, Luis sentía que la organización criminal era más decente que la política, pues en ella al menos las reglas estaban claras, y los amigos eran leales y los enemigos se combatían, y la palabra y el honor propio se respetaban y tenían valor. En el mundo de la política era imposible distinguir a los amigos de los enemigos, y casi imposible, también, diferenciar la verdad de la mentira. Lo más desconcertante era mirar a quienes no titubeaban un segundo para traicionar, delatar, mentir, engañar, manipular y confundir, convertidos, en virtud del éxito de sus patrañas, en ilustres padres de la patria, investidos de un hálito de respetabilidad a veces rayano en la santidad.

Luis aprendió que el cinismo era una herramienta indispensable para triunfar ahí, y que se partía del supuesto de que los otros –los mortales, la gente del común, los que no estaban en la movida– eran borregos dóciles que rara vez dudaban de lo que se les decía.

Nunca fue otra cosa que un político de segunda línea, uno de esos personajes grises que, a fuerza de insistir y asumiendo el riesgo de resultar necios o ridículos, ascienden trabajosamente en la escala interna de los partidos. Para hacer méritos, fue integrante de numerosas comisiones dedicadas a fines insólitos, como la búsqueda de financiamiento partidario, el comité de ética o la comisión para investigar la intromisión del narcotráfico en la política. En ninguna de ellas se destacó, pero tampoco se puso en ridículo. Consciente de sus limitaciones, apostó con buen tino a la persistencia, al arte de estar siempre en el lugar indicado y junto a la persona correcta.

A la larga, la paciencia da sus frutos, sobre todo cuando la democracia premia la medianía y la docilidad. Aunque Luis no fue escogido candidato a diputado la primera ocasión que se postuló, cuatro años más tarde tuvo la oportunidad de desquitarse, y fue electo para representar a la capital.

La tarde en que se vio por fin sentado en su curul de la Asamblea Legislativa, vestido de traje oscuro y con un micrófono delante, entrevió la posibilidad de que lo que estaba viviendo fuera algo más que un sueño, y sintió por un momento que su vida era real; que el diputado Luis Redondo estaba ahí y muy pronto tendría que hacer su primera intervención en esa calidad. Trató de organizar sus ideas, carraspeó para limpiar la garganta y afinar la voz. Tendría que enfrentar la vieja e invencible timidez; tendría que sobreponerse a la horrible sensación de estar en desventaja y de ser menos que los otros, pero bien valía la pena. Lamentó que su padre hubiese muerto unos meses antes sin llegar a ver esto, y deseó que el cielo o el infierno existieran para que desde ahí lo pudiera ver. Fue algo muy breve, porque en ese momento un compañero de la fracción legislativa se le acercó para comentarle algo, y Luis se volvió a sumergir en el torbellino.

Pocos meses después, vendió el Toyota cuyos asientos conocieron la intimidad de Nineth y se compró el BMW deportivo negro, último modelo, con el que había soñado desde su niñez.

Cada tanto los señores oscuros, sus amos en la organización, le enviaban mensajes con los que le hacían saber que le tenían un ojo encima, no fuera a ser que en un arrebato de ingenuidad o de estupidez, Luis creyera que se habían olvidado de él. Menos frecuente aún era que le pidiesen algún favor, que interviniese en un asunto o en una discusión. Luis se apresuraba a complacerlos, convencido de que tal vez de esa forma terminarían por olvidarse de él y por dejarlo en paz. A veces soñaba con verse libre de todo aquello, y hasta llegaba a creer que de veras era el diputado Luis Redondo y que algún día los libros de historia hablarían de él como de otros padres de la patria.

De vez en cuando lo atenazaban los remordimientos y soñaba con huir de la organización y empezar su vida en otro sitio. Pero sabía que esto era imposible y que nunca podría hacerlo. En definitiva, le bastaba el sueño, le bastaba la ilusión de que llegado el momento podría huir, para renunciar de antemano a ello.

Sólo Norma parecía no tener nada que lamentar. El momento más importante durante aquellos años fue sin duda cuando se disponía a culminar la labor de su segundo parto: empeñaba todo su vigor en pujar, y sentía que en cualquier momento podría desvanecerse, cuando la envolvió como un torbellino la sensación de que en ese instante la vida y la muerte se abrazaban; enseguida tomó forma la certeza de que siempre había sido así, pero en lugar de herirla, esta visión le dio las fuerzas que necesitaba para pujar una vez más (a sabiendas de que al hacerlo, empujaba a su hijo a los brazos de la vida y a los brazos de la muerte, que desde ahora lo compartían y se lo disputaban). Enseguida escuchó el llanto entrecortado de la criatura, y supo que su sexo de brócoli había parido por segunda vez a un ser que viajaría en el tiempo más allá de los límites de su propia vida. Lloró de felicidad, aunque su sentimiento mezclaba la alegría de saber que se trataba de una niña, como el médico acababa de informarle, y la de comprender que ella, Norma, de verdad estaba viviendo ese instante, más allá de toda duda.

Se rompía al fin la sensación de irrealidad que la envolvía, haciéndole creer que su vida y todo su mundo no eran más que un juego de sombras proyectadas en la imaginación de un desconocido. No: su existencia era real, y su hija crecería y viviría en un mundo con reglas claras, no en uno sujeto a los designios y caprichos de un fabulador antojadizo.

Con el nacimiento de su pequeña hija, a la que llamaron Gabriela, su vida reencontró el cauce apacible que siempre anheló. Disfrutaba de esa existencia cómoda y sedentaria, sin mayores exaltaciones ni contratiempos. En las pequeñas tareas domésticas (planear una cena, redecorar el cuarto de la niña, organizar un fin de semana fuera de la ciudad) encontraba desafíos de sobra para sentir su vida llena. Se reconocía en la forma alargada de los anturios, en la hondonada profunda de los lirios, en los arabescos de las gardenias que crecían en el jardín donde pocos años atrás se extraviaba.

Norma había terminado por aceptar que Jorge no era el genio que ambos creyeron, y que la mayoría de sus proyectos jamás saldrían del papel. Sabía también que, aunque les tomaría más tiempo del que pensaron, bastaría no cometer una torpeza, una tontería, para que las dóciles corrientes los llevaran a donde soñaron, y quizás más allá.

Moderaba su ambición sin renunciar a la idea de que un día tendrían su propia empresa, más grande, más poderosa e importante de lo que Norma se atrevía a admitir. Aunque fallaran en el intento inicial, tarde o temprano comenzarían a llegar los beneficios de tener tantos amigos con apellidos de prestigio, tantos familiares influyentes y –como decían los diarios de su adolescencia refiriéndose a las quinceañeras– tan esmerada y pulcra educación.

Lo inmediato era alejarse de la casa en donde murió el pequeño Daniel. Por ello, a pesar de los intereses prohibitivos que se comprometieron a pagar, no descansaron hasta obtener el préstamo con el que compraron ese lote en una zona exclusiva y recién urbanizada, en el otro extremo de la ciudad, cerca de Guachipelín. Enseguida construyeron la casa, bastante pequeña al principio, pero de gusto impecable, y que esperaban ampliar tan pronto tuvieran la oportunidad. Era cuestión de tiempo, cuestión de paciencia y de perseverar.

Por su parte, Jaime sabía que iba derecho al abismo, y constataba con vértigo (y a veces con alivio) que no lo podía evitar. En el curso de los años, acudió a varias terapias de desintoxicación y se internó en un par de ocasiones en albergues de rehabilitación. Siempre salía de ahí con la certeza de asistir a un nuevo principio, pero no pasaba mucho tiempo antes de que la vida le revelara que sólo hay un comienzo, y que, a partir de entonces, todo se acumula y con todo tenemos que cargar. Así, pronto se descubría en el mismo sitio de donde había partido, pero más cansando, más viejo y con mayor escepticismo.

Se abrazaba a la ilusión de que su vida fuera un sueño, pero a veces sospechaba con horror que era verdad. Más allá de la ilusión fugaz de realidad que le daba el éxtasis de la droga, Jaime alcanzaba a entrever la verdad de su dolor, la miseria de su existencia en llamas. Le sucedía cuando se despertaba en un basurero o en un lote baldío, y por un instante no tenía pensamientos ni deseos, y sólo las nubes, los agujeros azules en el cielo y su respiración agitada, eran verdad. Huía entonces, se refugiaba de nuevo en la droga o en los brazos flacos de Lil. Así, se imponía la obligación de escapar a estos pensamientos, pues nada de lo que vivía debía de ser cierto. Se cobijaba con esa esperanza hasta la próxima mañana en que la sospecha ominosa lo asaltara con su rostro de nubes y cielo, y por un segundo lo punzara la certeza de que lo que vivía era cierto.

A menudo anhelaba que su miedo a morir fuese mayor, tal vez así sería más cuidadoso, andaría con más fundamento y dejaría de coquetearle a la muerte. Si el miedo fuese mayor, se decía, si no le hubiese visto tantas veces la cara a la pelona, si no supiera de antemano que su máscara es horrible pero su rostro dulce y sereno, tal vez saldría del basurero y su vida se parecería a la de los demás, a la vida de la gente normal. Pero no encontraba ni fuerzas ni razones para salir. Su vida le resultaba un recuerdo borroso, y cada vez más, el hilo que lo sostenía en el mundo se adelgazaba y se desvanecía. Era como si a la muerte sólo le faltara el golpe final, la última dentellada de un combate hace mucho resuelto.

Todos sabían que más allá de sus vidas sucedían cosas, aunque su importancia les resultara dudosa. A veces permitían que la espuma de las grandes corrientes que agitaban los tiempos humedeciera su piel, haciéndolos sentir partícipes de todo aquello. En las pantallas de los televisores se agitaban como peces irreales imágenes de guerras, matanzas y revoluciones; los imperios se desvanecían y fabulosas fortunas se evaporaban en cuestión de segundos, arruinando la economía de países otrora poderosos; tiranos envejecidos eran fusilados un día de tantos por los mismos que anteayer los adulaban; gigantescas hambrunas y epidemias arrasaban con la vida de millones; locos y fanáticos encendían la pasión de multitudes ávidas de alguna esperanza; desencantados y delirantes se suicidaban en masa, haciendo de su muerte un espectáculo público; decenas, centenares y miles de especies animales y vegetales desaparecían velozmente de la faz de la Tierra; armamentos cada vez más poderosos –como engendrados por la imaginación de un genio perverso– se hacían realidad ante sus ojos incrédulos.

Un día cualquiera, Jaime recogía una hoja de periódico del basurero y leía que la estación espacial *Mir* orbitaba el planeta; otro día, mientras almorzaba en la cafetería del Hospital, Sonia miraba con desgano un noticiero donde informaban acerca de la matanza de cientos de estudiantes en Pekín; cuando amamantaba a su hijo, Norma escuchaba en la radio que la empleada doméstica mantenía encendida la noticia de que la Unión Soviética había dejado de existir; detenido en un semáforo, Luis robaba del diario que le alargaba un vendedor un titular sobre la poderosa unión política que las naciones de Europa se aprestaban a consolidar; mientras hacía fila en un banco, ocultando su rostro tras unos anteojos de sol para evitar que lo reconocieran, Johnny escuchaba una conversación en la que una anciana le informaba a un señor (tal vez su marido) que no era el cigarrillo, sino el sexo, lo que producía el cáncer pulmonar. Todo era fragmentario e inconexo.

También lo que sucedía en su país les resultaba dudoso y ajeno. Se hablaba de muchas cosas; de pobreza y de corrupción, de privatizar y de modernizar; de ladrones, de inmigrantes, de traficantes, de extraterrestres, de fútbol. Era tanto que todo era igual. ¿Qué era verdad? ¿Qué era mentira? Daba lo mismo saber o no saber, creer o descreer, y aunque a nadie se le ocurría pensar que un cambio era posible, todos simulaban tomar en serio a los políticos y a quienes tenían la obligación de comerciar con la esperanza.

Todo, empezando por la propia vida, con sus trajines y ajetreos, parecía borroso e irreal. Sólo a veces, cuando se sacudía la tierra o un huracán rozaba la costa, la vida y la muerte recuperaban su incontestable realidad. Pero esto era fugaz, y pronto los volvía a atrapar la marejada en la que vivían como dentro de un sueño, y el ruido y el agotamiento, la saturación de todos los sentidos y el revoloteo incesante de imágenes vacías lo tornaban todo ilusorio.

Así los sorprendió la madrugada del último día, del último año, del último siglo, del segundo milenio –hay quienes dirán que el último– de la cristiandad. Arrastradas por el torbellino o imantadas por un remoto pasado común, sus vidas volvieron a cruzarse. Fue algo muy breve: un roce, un aliento, una posibilidad que parpadeó para desvanecerse enseguida.

Enfundado en una bolsa plástica negra, sobre una camilla empujada por dos asistentes, el cadáver de Luis Redondo pasó muy cerca del sitio donde la Dra. Sonia Salas y Norma Esquivel se reencontraban después de muchos años, en la sala de Emergencias del Hospital San Juan de Dios. Luego de examinar rápidamente a Gabriela, Sonia concluyó que la herida en su cabeza ameritaba unos puntos, y haciendo gala de todo su talento para tratar con los niños, se apresuró a atenderla. Mientras aplicaba las suturas, las amigas recordaron viejos tiempos. Por algún motivo no mencionaron a Jaime Coto, a Luis Redondo ni a Johnny Fuentes, que en ese mismo instante se alejaba a toda velocidad del cruce de Guachipelín, donde estuvo a punto de acribillar a tiros al marido de Norma.

Bajo ninguna circunstancia, Jorge hubiera podido adivinar que el tipo con quien chocó el carro y el que robó la bicicleta de su hija fueron en alguna época amigos íntimos. Mucho menos sospechó que la ambulancia que salvó su vida, irrumpiendo cuando se disponía a hacer uso de su 38 Smith & Wesson, llevaba el cuerpo agonizante del tercero de ese grupo de amigos, tan cercanos a su mujer antes que él llegara a su vida. De la misma forma, Jaime tampoco imaginó que el BMW negro que estuvo a punto de arrollarlo era conducido por quien años antes solía llevarlo en el asiento trasero de su Honda Enduro.

Era como si el nudo silencioso que tejieron más de veinte años atrás continuara ahí, entrelazando sus vidas en una trama invisible de la que ninguno de ellos llegaría nunca a enterarse, y de la que por eso mismo nunca se podrían librar, o como si las incesantes ondas que se originaron en una época remota de sus vidas, tocaran ahora el límite y rebotaran en la orilla del estanque, iniciando el regreso hacia el punto de origen; en su viaje se encontraban con las que todavía estaban en camino, encimándose y superponiéndose en leve confusión.

Pero si el principio es dudoso, el final no lo es menos, y la vida de todos nuestros personajes seguirá su curso durante muchos años, después de que concluyan los hechos de esta narración.

Tal vez Sonia goce de un hermoso amor otoñal, o tal vez se amargue y aísle cada vez más; tal vez Jaime regrese al hogar de rehabilitación donde se ha internado ya dos veces y supere por fin la adicción –la tercera es la vencida–; tal vez se convierta a un culto evangélico y comience a predicar en las paradas de autobús de la ciudad… Eso sí, Luis no podrá postularse a una segunda diputación, ni un futuro presidente podrá nombrarlo ministro de algo, ni llegará él mismo a ser presidente, como tal vez soñó.

Tal vez la policía capture a Johnny Fuentes y lo envíe a prisión; tal vez ahí conozca a Antonio Montani, y juntos pongan al salir una oficina de detectives privados; tal vez la policía acribille a Johnny durante un asalto; tal vez Norma Esquivel se divorcie algún día, tras descubrir que su marido tiene una amante; tal vez ella lo pueda perdonar.

Y tal vez, al cabo de un tiempo, de la misma manera inadvertida como acaba de ocurrirles (es decir, sin que ninguno de ellos alcance a darse cuenta), la vida los acerque una vez más, o incluso los reúna de nuevo, y saliendo de un profundo estupor ellos lleguen a reconocerse. Tal vez entonces cada uno evoque su vida y beba a grandes sorbos la de los demás, hasta llegar al final, es decir, al silencio del presente, donde no hay más preguntas y sólo queda seguir para adelante con los temores y las dudas y los dolores y las esperanzas de siempre; y cuando alguien pregunte por Luis nadie sabrá qué fue de él, o tal vez sí; tal vez Norma o Sonia hayan leído en los diarios la noticia de su muerte –una nota en la página de sucesos, alguna esquela de la Asamblea Legislativa–, y Johnny y

Jaime por fin se enteren, y por un instante revolotee en su mente algún recuerdo insignificante pero imborrable de Luis, tal vez del paseo a Playa Panamá o de la mesa en donde solían juntarse para estudiar, frente a la Biblioteca Nacional.

Sin embargo, todas estas cosas se decidirán después, mucho después.

Mientras tanto, en algún resquicio del pasado, como si también estuviesen atrapados en el tiempo, los caricacos continúan batallando bajo la luz del sol indiferente, para librarse del trasmallo que algún pescador del pueblo tendió entre dos árboles, acaso para repararlo. Escuchemos la percusión inconfundible de sus conchas, como de piedrecillas que se quiebran, cuando chocan entre sí.